인생, 메시지가 있다

인생, 메시지가 있다

발행일　2024년 7월 31일

지은이　김진주, 김창범, 문숙정, 손수연, 신윤정, 이귀희, 이지선, 황은정
펴낸이　손형국
펴낸곳　(주)북랩
편집인　선일영　　　　　　　　　편집　김은수, 배진용, 김현아, 김부경, 김다빈
디자인　이현수, 김민하, 임진형, 안유경　　제작　박기성, 구성우, 이창영, 배상진
마케팅　김회란, 박진관
출판등록　2004. 12. 1(제2012-000051호)
주소　서울특별시 금천구 가산디지털 1로 168, 우림라이온스밸리 B동 B113~115호, C동 B101호
홈페이지　www.book.co.kr
전화번호　(02)2026-5777　　　　　　팩스　(02)3159-9637

ISBN　979-11-7224-215-2　03810 (종이책)　　　979-11-7224-216-9　05810 (전자책)

(주)북랩 성공출판의 파트너
북랩 홈페이지와 패밀리 사이트에서 다양한 출판 솔루션을 만나 보세요!
홈페이지 book.co.kr　•　**블로그** blog.naver.com/essaybook　•　**출판문의** book@book.co.kr

작가 연락처 문의 ▸ ask.book.co.kr
작가 연락처는 개인정보이므로 북랩에서 알려드릴 수 없습니다.

• 삶의 희로애락 •

인생, 메시지가 있다

김진주 김창범 문숙정 손수연
신윤정 이귀희 이지선 황은정 지음

🐚 북랩

들어가는
말

정보 통신의 발달과 신기술의 도입 등으로 세상 풍습이 빠르게 변하고 있다. 문화가 바뀌고 일상의 습관도 디지털화되고 있다. 둘러앉은 식탁과 커피잔을 마주한 커피숍의 모습도 달라졌다. 얼굴 마주 보며 대화하는 시간보다는 스마트폰을 들여다보는 시간이 분명 길어진 시대이다. 온통 관심과 흥밋거리를 스마트폰에서 찾고 있다 해도 과언이 아닌 듯하다. 변화의 시대, AI와 챗 GPT를 이야기해야만 하는 세상에 살고 있음이 솔직한 표현일 것 같다.

『인생에서 가장 후회되는 게 뭐냐고 묻는다면』이란 책에 구글의 최고 경영자였던 에릭 슈미트의 글이 실려 있다.

"잠깐만이라도 아날로그에 가까운 삶을 살아 보며 무엇이 자신에게 가장 중요한지 찾을 필요가 있다. 컴퓨터와 휴대 전화를 끄고 진정으로 우리 곁에 사람들을 발견하라."

이 글은 2009년 펜실베니아대학교 졸업식 축사의 한 대목이다. 인터넷 시대, 그것도 구글의 최고 경영자의 말에서 아날로그를 강조한 말이 많은 생각을 하게 된다.

나의 아버지는 이북 평안남도가 고향이다. 6.25 전쟁 때 월남하신 아버지가 즐겨 흥얼대시던 노래 중 '나그네 설움'이란 노래가 있다. 이렇게 시작된다.

"오늘도 걷는다마는 정처 없는 이 발길, 지나온 자욱마다 눈물 고였네…."

이 노래를 흥얼거리실 때는 여지없이 막걸리 한잔하고 취기가 한창 올라 있을 때다. 아버지는 막걸리라 하지 않고 늘 대포 한잔했다고 한다. 대동강과 모란봉을 이야기하며 어릴 적 이북에서의 학생시절을 빼놓지 않았다. 술에 취한 특유의 평양 사투리 음성이 귀에 쟁쟁하다.

교사인 막내딸, 오케스트라 지휘자인 둘째 아들 그리고 고위 공무원인 맏아들. 우리 삼 남매를 무척 자랑스러워하셨던 아버지. 지금은 너무 먼 곳에 계셔 꿈속에서나 뵐 수 있을까 하며 그리워할 뿐이다. 갈 수 없는 고향을 평생 가슴 저리시던 모습이 노래 한 구절한 구절 녹아 있음을 충분히 알 수 있다.

아버지의 별명은 '평안 화점 아저씨'였다. 내가 초등학교 5학년경, 수원 매향동이란 곳에서 조그만 상가를 얻어 '평안 양화점'이란 간판을 걸고 구두 만드는 일을 평생 했다. 고향이 평안남도여서 '평안 양화점'으로 상호를 정했다. 종일 구두 만드느라 못질을 하고, 사포질을 했다. 손톱 끝이 늘 까맣게 물들어 있었다. 바지 이곳저곳에 말라 굳어 버린 누런색 본드가 묻어 있었다. 새로 구두도 만들고, 오래되고 낡은 구두는 수선도 했다. 고되고 힘들었지만 남북통일이 되면 평안남도 고향에 갈 수 있으리라는 희망 하나로 살았을 것이다.

삶을 희로애락(喜怒哀樂)의 여정이라 한다. 기쁨과 슬픔, 웃음과 눈물, 성공과 좌절 등 인생의 다양한 감정을 표현한 말일 것이다.

삶을 이야기하고 싶었다. 피었다 시들고, 시들었다 다시 피는 꽃도 하얀 도화지 위에 그리고 싶었다. 우리 곁에 있는 사람들의 발자국을 보고 싶었다. 울부짖듯 써 내려간 어느 하루 일기장을 펼쳐 보고 싶었다. 인생을 이야기하며 후회도 해 보고 또 다른 내일의 희망도 다짐하고 싶었다. '라떼는 말이야' 하며 이제는 떳떳하게 나를 드러내 보고 싶었다.

"꿀 1킬로그램을 만들려면 꽃 560만 송이가 필요하다고 합니다. 꽃을 찾고 꿀을 따고 먼 길을 날아와 애써 모으는 꿀벌들의 그 정성이 인간에게도 필요합니다."라는 김홍신 작가의 글을 읽은 적이 있다.

여기 꿀벌들과 같은 여덟 명 작가의 이야기가 있다. 글을 쓰기로 결심한 이유도 사연도 달랐다. 자라난 환경과 살아온 배경도 같을 수 없었다. 그럼에도 한 세대를 함께하고 있는 삶의 동반자들이다. 단어의 선택도 많이 어눌하고, 글의 편집도 아직은 걸음마 단계이다. 하지만 문장과 문장, 문단과 문단 사이에 배어 있는 냄새는 분명 가슴을 찐하게 하는 삶의 향기다.

책 읽기와 글쓰기를 몸소 실천하시는 〈송주하 글쓰기 아카데미〉 송주하 대표께 감사드린다. 이미 초보일 때 글쓰기 모임을 주도하시고, 조금씩 조금씩 경험의 폭을 넓혀 주셨다. 한 계단 한 계단 성장할 수 있도록 세심히 이끌어 주셨다. 마지막 퇴고를 위해 몇 시간씩 1:1 줌 개인 지도도 정성껏 해 주셨다. 두 손 모아 머리를 숙인다.

쉽지 않은 여정에 함께해 준 여덟 명의 동료 작가들과의 인연과 도전에 머리 숙여 감사드린다. '왜 사냐 건 웃지요'라는 시 구절이 또 다른 위안이 되길 기도해 본다.

김창범

차 례

1장   희망, 처음 알았다

2장 # 고난에서 배우는 순간

 3장 # 사람 그리고 사랑

4장 현재를 즐겨라

5장 **지나고 보니 모든 게 메시지였다**

1장

희망,
처음 알았다

우당탕탕! 사회초년생 극복기

김진주

　"노력은 배신하지 않는다"라는 말이 있다. 업무 용어를 알아듣지 못하고 업무 처리가 오래 걸린다고 해서 자책할 필요 없다. 노력해서 몰랐던 부분을 잘 이해하고 처리할 수 있다면 성장할 수 있는 희망이 있다고 생각한다.

　대학교를 졸업하고 처음으로 중소기업 약품 회사에 입사했다. 설렘 반, 기대 반으로 첫 출근을 했다. 설레는 마음도 잠시, 인수인계해 주던 사수가 말도 없이 회사를 나오지 않았다. 두근거리는 심장을 가라앉힐 수가 없었다. 일을 알려 주는 사람은 물론 물어볼 사람도 없이 일을 해 나가야 한다는 생각에 아찔해졌다. 사무실에 있는 전화기 5대가 계속 울리고, 진땀을 흘리며 허둥지둥 전화를 받고 있었다. 모르는 부분이 너무 많았다. 요청하는 업무도 거래처마다 다르다. 어음 도래 기간 확인, 원장 확인, 월 마감 확인, 전화 주문, 그외 고객 응대까지 정신이 없었다. 컴퓨터 배경 화면에 있는 서류들을 찾아가면서 대응하고 있었다. 경비 처리 및 회계 자료들은 처음 듣는 회계 용어들로, 알아들을 수도 없었다. 어떻게 대처해야 하는지 모르는 서류들은 쌓여만 가고 있었다. 오전 내내 전화를 받고 거래명세표를 작성하다가 업무 시간의 반이 지났다. 밥 먹을 생각도하지 못한 채 책상 위에 쌓여 있는 할 일들을 쳐다보며 한숨을 내쉬고 있었다. 그날 할 일을 처리하는 데 급급해서 계획을 세울 수도 없었다. 어떻게 해야 일들을 실수 없이 빠르게 처리할 수 있을까 생각했다. 생각 끝에 친해진 거래처 직원들, 세금 관련 고객 센터에 전화해 물어보고 확인했다. 퇴근하고 나서는 관련 책들도 보며 공부했다. 일 처리를 하는 동안 그만둘까 싶은 마음이 수없이 들었다. 그래도 내가 해야 할 일이니 열심히 일을 처리해 나갔다. 일에 어느정도 적응이 되고 여유가 생겼을 즈엔, 처음으로 후임도 생겼다. 엄마 또래의 경력 단절 아주머니였다. 일자 청바지에 흰 면티, 두꺼운패딩을 입었다. 단발 파마 머리를 하고 있었다. 보는 순간, 직감적으로 쉽지 않겠다는 생각이 들었다. 불길한 생각은 틀리지 않았고, 후임은 6개월이 지나도 거래처 전화 한 통 못 받고 월급만 받는 직원이 되었다. 내가 바빠서 잘 알려 주지 않은 탓도 있다. 일주일 동안업무 파악할 수 있는 시간을 줬다. 일은 제대로 배우지 않고 성경책만 읽길래 "업무 파악 하고 나서 책 보고 있는 건가요?"라고 물었다. "지금 해야 할 업무가 없어서요."라는 대답이 돌아왔다. '해야 할 일이 없지 않을 텐데'라고 생각했다. 그냥 보고만 있을 수 없었다. 후임을 위해 업무분장표를 만들고 일 처리 하는 방법을 정리해서 다시 인수인계를 시작했다. 한글 파일 작성 방법을 알려 주고 있었다. 기호표가 들어가야 하는 문서가 나왔다.

"기호표 어떻게 써요?"

순간 귀를 의심했다. '이 정도면 사무직을 하면 안 되지 않나'라는 생각까지 들었다. 답답했다. 인수인계가 다시 시작되고 6개월 정도가 지났다. 드디어 후임이 혼자서도 일을 할 수 있게 되었다. 그렇게 되기까지 입사하고 일 년이 걸렸다. 후임에게 알려 주면서 나도 성장했다.

두 번째 직장도 중소기업 약품 도매 회사가 되었다. 첫 출근 하던 날, 추워서 입김이 났다. 이번엔 순탄한 사회생활이 되길 바랐다. 사수에게 일도 많이 배우고 싶었다. 혼자서도 해낼 수 있도록 해야겠다고 다짐했다. 이제 복사 한 장 못해서 쩔쩔매던 사회 초년생의 모습은 없다. 제법 자본주의 웃음과 눈치도 생겼다. 두 번째 직장에서는 비교적 순탄하고 평범한 직장 생활을 했다. 가끔 실수도 하지만, 눈치껏 수정한다. 고객 응대하는 법도 배우고, 이전 회사와는 조금 다른 세무 처리에 대해서도 배웠다. 같은 약품 회사지만 일하는 스타일이나 업무는 다른 부분이 많았다. 업무를 하면서 거래처 주문 전화를 받고 있었다. 주문 전화를 받던 중 거래처에서 동화약품의 약을 말했는데, 나는 동아약품으로 알고 한참을 거래처랑 통화하다가 전화를 끊고 거래장을 작성해서 담당 영업 사원이 배달을 해 주었는데, 약이 잘못 배달이 되었다. 확인을 해 보니 내가 이름을 잘못 알아듣고 주문을 잘못했다. 원래 배송되었던 약은 반품 처리가 되고 원래 나가야 하는 약을 지금 써야 한다고 해서 퀵 배달을 했다. 사수가 없었더라면 혼자 당황했겠지만, 사수가 빠른 처리를 해 준 덕분에 잘 넘길 수 있었다. 실수해도 사수가 있어 마음이 한결 놓였다.

세 번째 회사는 수면 오일이나 코골이 제품을 판매하는 인터넷 쇼핑몰 회사였다. 직원은 나 혼자뿐이었다. 기본적인 서류도 없어 세무, 인사, 경리 등의 모든 일을 해야 했다. 새로운 문서를 만들어 회사의 서류들이 하나하나 채워지는 컴퓨터 바탕화면을 보니 뿌듯해졌다. 그동안의 경험이 많은 도움이 되었다. 몇 달 뒤, 매출이 120% 뛰고 많이 바빠져서 다른 직원들을 뽑았다. 대부분 경험이 없는 직원으로 채용하게 되었다. 후임을 뽑으면서 과장으로 승진했다. 아무것도 모르는 사회 초년생이 몇 년간의 고생 끝에 과장으로 성장한 날이었다. 처음 출근한 후임의 모습을 보고 있으니 예전의 내 모습이 떠올랐다. 눈치만 보며 어쩔 줄 몰라 하고 있었다.

이제는 후임이 업무 관련해서 질문해도 자신감 있게 대답해 줄 수 있는 정도가 되었다. 다른 후임들에게도 내가 아는 부분은 최대한 알려 주었다. 후임이 실수해도 거래처와 연락해서 능숙하게 처리했다. 고객들에게 클레임이 걸려도 개의치 않고 할 수 있었다. 대표님이 자리를 비울 때는 대신해서 일도 처리했다. 결혼하면서 일을 그만두게 되어 인수인계하던 중 있었던 일이다. 연차를 쓰고 일을 보고 있었다. 거래처 담당자가 "금일 주문 리스트가 아직 안 왔어요."라고 전화가 왔다.

"낮에 분명 리스트 보낸다고 했는데, 안 갔어요?"

"오긴 왔는데 중복된 리스트여서 다시 보내 달라고 했는데 아직 안 왔어요."라는 대답이 돌아왔다 '아… 망했다'라는 생각이 들었다. 시간을 보니 퇴근 시간이 지나 있었다. "확인하고 다시 보내 드릴게요."라는 대답을 한 후, 핸드폰으로 회사 메일을 로그인해 보낸 메일함을 확인했다. 보낸 서류를 확인하니 거래처 담당자가 말했던 중복된 리스트만 있고 그 이후에 보낸 메일이 없었다. 회사로 바로 복귀해서 거래처 담당자한테 전화했다. 택배 발송 건이라 택배 기사님이 오시기 전에 택배를 포장해야 하기 때문에 기사님 오시는 시간이 중요했다. "담당자님, 기사님 몇 시에 오세요?"라는 물음에 "30분 뒤에 오시니까 최대한 빨리 부탁드릴게요."라는 대답이 돌아왔다. 10분 안에 보내 드린다는 말과 함께 전화를 끊었다. 많은 제품이 있지만 그중에 주문이 제일 많은 제품이기 때문에 마음이 너무 조급했다. 주문이 들어오는 여러 주문 창들을 열어 주문 리스트를 다운받았다. 리스트를 하나의 엑셀 파일로 합친 후 주문 양식에 맞게 정리하고 죄송하다는 말과 함께 거래처 담당자에게 보냈다. 약 30분 정도 시간이 흘렀다. 거래처 담당자에게 전화가 왔다.

"무사히 택배 발송했어요. 다음부터는 한 번 더 확인해 주세요."

"네, 다음부터는 이런 일 없도록 주의할게요. 늦은 시간까지 감사합니다."라는 말과 함께 통화를 마쳤다. 혹시나 하는 마음에 다른 거래처 주문들도 확인했다. 다행히 다른 거래처들은 잘 보내 놨다. 한시름 놓고 퇴근했다. 다음 날, 대표님이 어제의 상황을 알고 나랑 후배를 불렀다. 그전에 후배한테는 이미 설명을 해 놓은 상태라 긴장한 상태로 대표실로 향했다. 자초지종을 들은 후, 대표님은 "그럴 땐 회사로 오지 말고 나한테 연락해, 내가 처리할게. 고생했어. 나가서 커피나 한잔 마시고 와."라고 하시면서 회사 카드를 주셨다. 에피소드가 있었지만, 무사히 지나가서 다행이었다.

끝까지 노력하면 할 수 있다. 사회 초년생으로 시작하여 성장하면서 힘들 때도 많고 포기하고 싶을 때도 많았다. 노력은 배신하지 않는다는 말이 있듯이 열심히 공부했다. 천재도 죽도록 노력하는 자는 이기지 못한다고 한다. 그동안 애써 왔던 모든 것들이 주마등처럼 스쳐 지나갔다. 끝까지 포기하지 않고 노력하는 삶을 살았으면 좋겠다. 앞으로도 끊임없이 성장해 나갈 나의 앞날을 응원한다.

야! 나 너 알아, 너 알아

김창범

인생을 살아가면서 여러 사람을 만난다. 인연이라고 한다. 밟아온 발자취를 뒤돌아본다. 그때 그 사람이 나에게 희망을 준 인연의 사람이었구나, 깨닫게 된다. 피천득의 『인연』에 이런 글이 있다.

'어리석은 사람은 인연을 만나도 몰라보고, 보통 사람은 인연인 줄
알면서도 놓치고, 현명한 사람은 옷깃만 스쳐도 인연을 살려낸다.'

수원시청 건물 현관문을 열고 들어서면 넓은 로비가 눈에 들어온다. 로비를 가로지르면 계단이 있다. 로비와 계단이 맞닿은 부분 양옆 끝에 당직실과 당직사령실이 있다. 당직실 벽면 옆으로 작지만 아름답게 꾸며진 화단이 있다. 화단에는 늘 예쁜 화초들이 피어 있었다. 로비와 연결된 계단을 오르면 1층 복도와 만나게 된다. 복도

중앙으로부터 원형 모양의 계단이 2층, 3층, 4층으로 연결되어 있다. 원형 계단을 중심으로 양옆에 각 부서의 사무실이 있다.

1988년 당시, 나는 7급 공무원으로 수원시청 회계과에 근무하고 있었다. 전 세계인의 축제 88서울올림픽 개막을 앞둔 시기였다. 수원에서는 여자핸드볼 경기가 수원실내체육관에서 열리게 되어 있었다. 수원을 찾는 각국의 손님맞이로 시청 전 직원들이 바쁘게 일과를 보낼 때였다.

7월 하순경 무더운 어느 날, 하던 일을 멈추고 바깥 공기를 쐬러 복도로 나갔다. 2층에서 내려오는 낯익은 얼굴과 마주쳤다. 흰색 반팔 와이셔츠에 한 손엔 검은 서류 가방을 들고 있었다. 곱슬머리에 도수 높은 안경 그리고 통통하신 모습. 살짝 등이 굽은 모습. 잠시 멈칫했다. 얼굴이 굳고 벌게져 오는 것 같다. 고등학교 3학년 3반 담임 홍용석 선생님이다.

"야! 나 너 알아. 기억나, 기억나."

선생님은 나를 보자마자 손을 덥석 잡으시고 연실 "나, 너 기억나."라는 말을 한다.

"네, 선생님, 저 김창범입니다. 그간 안녕하셨어요?"

고등학교 졸업 후 담임 선생님과 10여 년 만에 나눈 대화였다. 복도에 선 채로 내 손과 어깨를 잡으신 선생님은 '어느 부서에서 근무하느냐, 어머니 잘 계시냐' 등의 안부를 묻는다. 오늘 수원시 홍보물 영문판 번역 내용을 감수하러 회의에 참석하고 가는 길이라 한다. 잠깐의 만남 후 복도에서 선생님을 배웅했다. 현관을 통해 사라지는 선생님의 모습을 한참 쳐다보았다. 그게 선생님과 마지막 대화였고, 마지막 모습이었다.

"3학년 3반 김창범, 지금 즉시 교장실로 오세요."

분기별로 내야 하는 수업료를 내지 못해 오늘도 교장실로 호출이다. 얼굴이 빨개진다. 친구들이 나만 보는 것 같아 고개를 들지 못한다. 의자에서 일어나 책상을 잡았다. 다리에 힘이 쭉 빠진다. 이번엔 교장 선생님이 무슨 말을 하려나 생각하니 앞이 캄캄해진다. 친구들 책상 사이를 걸어 교실 뒷문으로 향했다. 친구들이 나만 쳐다보는 것 같다. 조심스럽게 문을 여는데, 소리가 엄청 크게 들리는 것 같다. 행정실로 향했다. 행정실에는 여러 명의 학생이 이미 와 있었다. 그들과 눈이 마주칠까 봐 계속 고개를 숙이고 있었다. 등교 때 학교 정문에 다가올 때면 늘 뵈던 이마가 넓으신 행정실장님의 모습이 보인다. 서류를 보며 학생들의 학년 반, 이름을 체크한다. 내 이름도 호명되었다. 가슴이 쿵쾅거린다. 명단을 들고 쭉 둘러보더니 우리를 교장실로 데리고 간다. 그날 난 교장실에 불려 가 참 심한 이야기를 들었다. 돈 없으면 학교 다니지 말라는 뜻으로 들린다. 창피하고 속상하다. 화가 난다. 쥐구멍이라도 찾고 싶다는 표현이 딱 맞는 듯하다.

하루 수업이 끝나고 종례 시간이다. 곱슬머리에 두꺼운 안경을 쓰신 퉁퉁하신 담임 선생님이 들어오셨다. 출석부를 탁자에 탁 내려놓는다. 탁자 위에 쌓였던 백묵 가루가 날린다. 몹시 상기된 표정으로 한동안 우리를 둘러보신다. 뭔가 애써 참으시는 듯 상기된 얼굴이다.

"너희 뭐 하는 놈들이야. 공부 이렇게 시원찮게 해서 되겠냐?"라며 호통을 친다.

"누구네 어머니는 화장품 외판원 옷 입고 학교에 찾아와서 '우리 아들 고등학교만 졸업할 수 있게 해 주세요'라며 눈물 흘리며 사정사정하시는데!"

아… 엄마가 교무실에 다녀가셨구나. 담임 선생님을 만나셨구나. 순간 눈앞이 흐려졌다. 아무것도 보이는 것 같지 않았다. 선생님 앞에서 초라하게 서 계셨을 엄마의 모습을 생각하니 뭐라 표현할 길이 없었다. 그렇게 난 1978년 1월 몹시 추운 날, 졸업식장에 있었다.

졸업하던 해 5월, 나는 공무원 시험에 응시했다. 뚜렷한 목표나 방향도 없었다. 졸업 후 답답하게 보내고 있던 어느 날, 학교 친구 송승수가 집에 찾아왔다. 승수와는 수원천 개울을 마주 보며 살고 있는 오랜 친구다. 초등학교 때부터 같은 학교 다니던 그는 체격도 좋았고, 운동을 잘하는 핸드볼 선수였다. 그는 고등학교를 졸업하자마자 학원을 다니며 공무원 시험을 준비하고 있음을 알았다. 경기도 공무원 채용 시험이 있는데 응시해 보자는 것이다. 다행히 합격했다. 시청 게시판에 합격자 명단을 확인하고 공중전화를 찾았다. 고등학교 3학년 담임 선생님께 전화했다.

"선생님, 저 김창범입니다. 기억하시겠어요?"

"그럼, 기억하지. 어쩐 일이냐? 취직은 했냐?"

"선생님 찾아뵙고 싶어 전화 드렸습니다."

선생님은 토요일에 집으로 오라며, 위치가 세류동 신곡초등학교 후문 쪽이라며 상세히 설명을 해 주셨다. 졸업 후 몇 개월 만에 뵌 선생님은 반갑게 맞이해 주신다. 공무원 시험 합격 소식과 고등학교 3학년 때 보살핌에 대한 감사 인사도 했다. 선생님은 또렷이 기억하고 계셨다, 마르신 체격에 감색 화장품 외판원 옷을 입고 오셔서 눈물로 자식 걱정을 하시던 엄마의 모습이 눈에 선하다 하신다. 누구보다 강하신 엄마 잘 모셔야 한다는 말과 함께 공무원 발령받으면 다시 한번 놀러 오라고 하신다. 선생님 덕분에 고등학교 졸업했어요. 어려운 환경을 극복하고 대학에 진학한 사람도 많이 있지만, 그렇게 하지 못해 죄송했다는 말도 했다.

그 선생님을 고등학교 졸업 후 10년이 지나서 공무원 신분으로 만난 것이다. 세월이 지나 제자의 이름은 기억이 안 났던지 '나 너 알아, 나 너 알아' 하시면서 손을 잡고 어깨를 두드려 주던 선생님.

몇 년 전에 선생님이 돌아가셨다는 소식을 전해 들었다. 나에게 공무원 시험을 보자며 손을 내밀었던 친구 송승수도 젊은 나이에 하늘나라로 먼저 갔다고 했다.

차라리 다 포기하는 게 낫지 않을까, 나는 왜 그럴까 하면서 보냈던 고교 시절. 세상에 묻고 따지고 싶었던 게 참 많았다. 모든 원인을 운으로 돌리고 싶었다. 많은 세월이 지나서야 나에게 물었어야 했을 물음이었다는 것을 깨달았다.

이나모리 가즈오의 『어떻게 살아야 하는가』라는 책에 이런 글귀가 있다.

'어제보다 나은 오늘이 되고, 오늘보다 가치 있는 내일이 될 수 있도록 성실하게 노력하며 살아가라. 그 끊임없는 작업 속에서 견실한 자세로 겸허하게 수행의 길을 걸어 나갈 때 비로소 우리가 살아가는 목적과 가치가 빛을 발할 것이다.'

내가 만났던 고등학교 3학년 담임 선생님과 친구 송승수는 살아가는 방법을 깨닫게 해 준 희망의 등대였다. 오늘 참 많이 보고 싶다.

기특하고 고마워

문숙정

10년 전쯤인 것 같다. 학원에 말썽쟁이 A가 등록할 때부터 기존에 있던 학생들이 A가 학원에 등록하는 것이냐고 물어보았다. 학교에서 다른 애들이랑 다툼도 많고, 욕설도 잘하는 아이라고 했다. 받지 말자고 학생들이 한결같이 이야기했다. 공부 잘하는 학생들만 골라 받는 학원은 성적 우수한 학생들 모아 놓고 편하게 운영한다고 생각하던 때였다. 선생은 학생을 차별하면 안 된다고 생각한다. 우리 학원에 들어오겠다는 학생들을 골라서 받아 본 적이 그때나 지금이나 없다. 잘하는 학생을 모아서 관리하는 곳이 아니라 성적이 낮은 학생을 받아 성적을 올려 주는 것이 학원이란 생각은 지금도 변함이 없다. 어떤 학생이 들어와도 성적이 올라간다는 입소문 때문인지 다양한 성향의 학생들이 모여 있었다. 그래도 말썽꾸러기라는 말을 들으니 살짝 신경은 쓰였다. '중학교 1학년이 별나면 얼마나 별나겠어' 하는 마음으로 신경 쓰이는 부분을 덮었던 것 같다.

　A 군은 머리도 좋아 성적은 오르는데, 끊임없이 다른 아이들과 다툼이 있었다. 다른 학부모의 항의를 받는 날이 점점 많아졌다. A 군을 따로 불러서 달래기도 하고, 야단을 쳐 보기도 했다. 중학교 2 학년이 되면서 중2병이 찾아온 건지, 점점 더 반항이 심해졌다. 선생님들에게도 욕하고, 수업 중에 핸드폰을 내라고 하면 핸드폰을 바닥으로 던지기도 했다. 선생님들과 A 군이 싸우는 날도 있었다. 당연히 선생님들의 항의도 원장인 내가 감당해야 했었다. 하루는 다른 학생과 다툼이 있어서 야단을 쳤더니 아빠가 친구가 시비 걸면 의자로 내리치라고 했다고 한다. 아이고, 이건 또 뭔 말인가! 결국 아버지와 면담을 하기로 했다. A 군 아버지에게 A 군의 학원 생활 이야기를 직설적으로 해야 하나 돌려서 이야기를 해야 하나 머리가 복잡했다. 일단은 차분하게 학생의 상황에 대하여 이야기했고, 다른 학생의 상황도 이야기했다. 아무 말 없이 듣고 있던 A 군 아버지에게 학생을 잘 지도해 달라는 이야기를 하면서도 혹시나 집에 가서 아이에게 폭행하면 어떻게 하지 백 가지의 생각이 머릿속을 어지럽히고 있었다. 이야기를 듣고 계시더니 알겠다면서 무서운 얼굴로 학생을 데리고 나가셨다. 그때부터 마음속은 지옥이었다. 내 선에서 해결했어야 했는데, 괜히 학부모에게 이야기해서 A가 맞으면 어쩌지⋯. 때리기도 하신다는데.

다음 날, 학생이 등원할 때까지 머릿속에서 계속 걱정이 점점 증식하는 것 같았다. 그런데 A가 너무 행복한 얼굴로 학원으로 들어왔다. 따로 불러서 어제 아빠랑 뭐 했냐고 물어보았더니 같이 쇼핑하고, 게임하고, 맛있는 거 먹고, 놀고 왔다고 했다. 전혀 예상하지 못한 전개였다. 다른 학생 괴롭히지 않게 지도해 달라고 일부러 면담까지 했는데…. A 군 아버지한테 너무 실망하고, 한 번만 더 친구를 괴롭히면 퇴원시킬 거라고 협박조 비슷하게 이야기했다. 약속을 받고 마무리했지만 별 기대가 없었다. 그런데 그 후로 장난 횟수도 줄어들고, 친구들하고도 편안하게 지내는 것 같았다. (물론 욕설은 해결이 안 되었지만.) 나중에 알게 되었지만, 그날 아빠가 A 학생을 데리고 옷도 사 주고 맛난 음식도 먹으면서 네가 몸집이 작아서 다른 친구들에게 맞을까 봐 맞지 말고 때리라고 가르친 건데, 먼저 친구들을 괴롭히면 안 된다고 많은 이야기를 하셨다는 말을 듣게 되었다. 당연히 혼날 거라 생각하고 아빠를 따라 나갔는데, 아빠가 자기에게 잘해 주는 것을 보고 반항심보다는 든든한 아빠가 자신에게 있다는 생각을 했다고 한다. 그러면서 아빠 속상하게 하지 않겠다고 약속했고, 지키기 위해 노력한다고 했다. 지금 생각해 보니 A 군은 관심을 받고 싶어서 더 반항하고 장난을 쳤던 것 같다. 순한 양이 되었다고 할 수는 없었지만 통제가 가능한 학생이 되었고, 공업고등학교로 진학하면서 자연스럽게 학원에서 나가게 되었다. 그 후로 전문대학에 진학도 했다.

우리는 10여 년이 지난 지금도 가끔 만나서 술도 마시는 사제지간으로 지낸다. 학원을 그만둔 후로도 한 해도 거르지 않고 내 생일에 작은 과자 선물이나 꽃을 가지고 왔다. 11월 11일에는 빼빼로를 한 가득 가지고 오기도 했다. 학생이 돈 없는데 그러지 말라고 해도 한 해도 빠진 적이 없었다. 수많은 학생을 가르쳤고, A 군보다 더 힘든 학생들도 있었다. 하지만 A 군은 고마움을 아는 학생이었다. 고마움을 표현할 줄 아는 능력을 가지고 있는 학생이다.

물론 A 군이 나를 힘들게 하는 학생이었지만, A 군을 통해 믿어 주는 것이 학생들에게 얼마나 중요한지 알게 되었다. 지금도 A군은 이야기한다, 자기를 믿어 주는 선생님이었다고. 고등학생일 때도, 대학생이었을 때도, 군인일 때도 찾아와서 자신의 근황을 항상 이야기했다. 말할 곳이 필요한 것은 아니었을까 하는 생각을 한다. A 군은 아빠하고도 지금도 친구처럼 잘 지낸다고 한다.

사람은 고쳐 쓰는 물건이 아니라는 말이 있던데, 나도 그렇게 생각하고 있었다. 하지만 A 군을 보면서 생각이 달라졌다. 사람은 물건이 아니기에 변할 수 있고, 그때가 어릴수록 좋다고 생각한다. 아이는 믿어 주는 만큼 자란다는 말이 있는데 학생을 가르치면서 학생들을 얼마나 믿어 주었을까? 말썽부린다고, 문제가 많다고 낙인찍었다면 변할 수 없었을 것이다. 다른 학생들이 자기랑 같이 다니기 싫어 학원을 그만둔다 해도 자신을 퇴원시키지 않은 이유를 물어온 적이 있었다. '그냥 네가 좋아서'라고 이야기했지만, 사실은 어릴 때 누군가에게 버림받는 느낌, 거절당하는 느낌을 학생들이 받게 하고 싶지 않았다. 어릴 때는 자기가 선택하는 환경보다는 어른들이 정해 주는 환경에서 지내는 경우가 많다. 자신이 선택하지 못한 환경에서 성적이 안 올라서 퇴원당하고 한두 번 말썽으로 낙인찍혀 퇴원당하는 경우를 주변 학원들에서 많이 보았다. 그런 경우 학생들이 반항심과 의욕 저하로 학업을 더 등한시한다.

대학생 때 교수님께서 "사랑은 받는 쪽에서 판단하는 것이다. 부모나 상대방이 사랑을 열 개 주었다 해도 받는 쪽에서 받은 적이 없다고 하면 그건 사랑을 준 것이 아니다."라고 하셨다. 강요이거나 집착일 수 있다는 것이다. A 군이 변한 모습이 학생을 가르치는 나에게는 희망이었다. 아이들은 믿어 주고 기대해 주면 자신도 그 모습으로 살고 싶었다고 생각한다. 나는 지금도 학생들에게 조금이라도 장점과 강점을 찾아 주려고 노력한다. 최대한 의견을 경청하고 공감하려고 노력한다. 나의 직업의 소명이라고 생각한다. 학생들이 성장하는 모습에 기쁨을 느낀다.

어른들의 말과 행동이 아이들에게는 커다란 힘이 될 수 있다는 것을 A군을 통해 알았기 때문이다. 현재 A군은 대기업에서 일하고 있다. 앞으로는 술값을 자신이 내겠다고 한다. 기분이 좋은 일이다.

위기 속에서 피어난 희망

손수연

22년 동안 몸담았던 여행업을 정리하고 강의 활동을 시작했다. 4년 차쯤 되었을 때 코로나19가 찾아왔다. 대학 공부까지 해야 해서 어려움이 많았다. 강의 시장에서 버티기 시작한 초기에 코로나19까지 겹쳐 강의가 완전히 끊겼다. 나를 비롯해 많은 강사가 강의 활동을 할 수 없게 되면서 큰 어려움을 겪었다. 코로나가 처음 터졌을 때는 할 수 있는 일이 아무것도 없었고, 지치고 약해져서 며칠씩 누워만 있는 날도 많았다. 동료 강사들과 통화할 때마다 서로 힘들다고 하소연했다. 이 어려운 시기를 어떻게 버텨 내야 할지 방법을 찾지 못했다. 힘들고 두려운데다 경제적으로도 힘들어지면서 버틸 힘조차 없었다. 의욕을 잃어서 하고 싶은 것도, 해야 할 것도 생각나지 않았다.

많은 동료 강사들이 강의 활동을 포기하고 시장을 떠났다. 전국적으로 모두가 힘들어하는 시기였다. 코로나19가 찾아온 지 반년이 지나도록 아무것도 하지 않고 걱정만 하며 시간을 보냈다. 하지만 더는 힘들다고 불평하며 시간을 보낼 수만은 없었다. 모든 것을 포기하고 싶은 마음이 들었지만, 정신을 차리고 다시 시작해야 했다.

동료 강사들과 가끔 만나거나 통화할 때면 아르바이트라도 해야 하지 않겠냐며 걱정스러운 이야기를 나누기 일쑤였다. 희망이 보이지 않았지만, 살아남기 위해서는 변화가 필요했다. 가장 기본적인 것은 나 스스로 마음부터 다잡는 것이었다. '힘들다', '지친다', '두렵다', '희망이 없다'와 같은 부정적인 단어들을 계속 내뱉으니 하루하루가 고통스러울 정도로 힘들었다. 마음을 다잡고 긍정적인 힘으로 바꾸는 연습을 시작했다. 하루하루 힘들어도 감사할 거리를 찾기 시작했고, 모든 일을 긍정적으로 생각하고 실천하려 했다. 동료 강사들과 만날 때는 긍정의 대화로 바꾸기 시작했다. 서로를 응원하며 힘든 시기를 이겨 내는 방법을 함께 모색했다.

감사 일기를 쓰기 시작하면서, 매일 감사할 일을 찾는 것이 일상이 되었다. 처음엔 감사할 수 있는 것들을 하루에 다섯 가지씩 찾아 쓰기 시작했다. 처음에는 간단한 문장으로 썼다. '아침에 일어나 건강하게 하루를 시작할 수 있어 감사하다' 또는 '집에서 요가를 하며 몸과 마음의 건강을 챙길 수 있어 감사하다' 같은 일상의 작은 것들이었다. 감사 일기는 일상에서 작은 기쁨을 찾는 습관이 되었다. 친한 친구와 점심시간에 만나 맛있는 스파게티를 먹으면서 나눈 대화가 그날의 감사 일기 주제가 되기도 했고, 저녁에 집에 돌아와 편안한 소파에 앉아 휴식을 취할 수 있는 것도 감사로 기록했다.

작은 습관들이 모여 내 마음에 긍정의 에너지를 채워 주었다. 감사 일기를 통해 하루를 긍정적으로 시작하니, 일상의 모든 것들이 감사의 대상이 되었다. 책을 읽거나 잠들기 전 긍정적인 메시지를 듣는 것도 일과의 일부가 되었고, 작은 변화들이 모여 삶의 희망을 되찾는 데 도움이 되었다. 하지만 이것만으로는 충분하지 않았다. 삶의 희망을 찾기 위해 더 노력이 필요했다.

코로나19로 인한 변화에 적응하는 것도 중요한 과제였다. 줌 강의를 배우기 시작했고, 온라인 환경에 익숙해지기 위해 노력했다. 처음에는 어색하고 낯설었지만, 온라인 강의에 적응하며 새로운 방식으로 지식을 나누는 방법을 찾았다.

희망은 내 삶에 놀라운 변화를 가져왔다. 희망은 나를 좌절과 두려움에서 구해주 었고, 새로운 가능성을 향해 나아갈 수 있는 용기를 주었다. 감사 일기를 쓰고, 긍정적인 메시지를 듣는 등의 작은 습관들이 모여 내 마음에 긍정의 에너지를 채워 주었다. 그로 인해 나의 자존감과 자신감을 회복시켜 주었고, 삶의 어려움을 극복하는 데 도움이 되었다.

앞으로의 삶에서 희망을 붙잡고 발전시켜 나가기 위해 몇 가지 전략을 세웠다.

첫째, 새로운 것을 배우고 도전하는 자세를 포기하지 않을 것이다. 온라인 강의를 처음 했을 때였다. 모든 것이 익숙하지 않아 걱정스러웠다. 담당자도 시스템을 잘 몰랐다. 주소 공유가 안 돼서 30분 정도 지연이 되었다. 겨우 강의를 시작했지만, 대상자들에게 미안한 마음도 들었고 자신감도 떨어졌다. 강의가 어떻게 끝났는지 모르겠다. 줌 강의에 대한 두려움을 없애려고 방법들을 찾아 나갔다. 횟수가 반복될수록 익숙해졌다. 많은 시행착오 끝에 온라인 강의도 수월하게 하고 있다.

둘째, 긍정적인 마인드셋을 유지할 것이다. 감사 일기를 적으면서부터 부정적인 감정이 많이 줄어들었다. 아주 사소한 것도 감사하게 되었다. 강아지 산책을 시킬 때, 꼬리도 흔들고 냄새도 맡으면서 좋아하는 모습을 보는 것만으로도 좋았다. 아침에 딸기잼을 바른 식빵에 커피를 한잔 마시는 것도 감사했다. 당연하게 생각할 수 있는 일이었지만, 글로 적으면서 알아차릴 수 있었다. 이런 일상이 쌓이면서 하루의 밀도가 높아졌다.

셋째, 동료들과의 긍정적인 관계를 유지하고 발전시켜 나갈 것이다. 코로나19 때 주변 동료들과 익산역에서 만났다. 김밥도 싸고 과일도 챙겨서 야외에서 먹기로 했다. 적당한 잔디밭에 돗자리를 깔고 여럿이 앉아 준비해 온 도시락을 먹었다. 서로 힘든 부분을 이야기하다 보니 시간 가는 줄 몰랐다. 나보다 나이가 많았던 교수님들이 해 주시는 이야기는 위로가 되었다. 모임에서 제일 막내라 다들 아껴 주는 게 느껴졌다. 그런 마음들이 다시 힘을 낼 수 있는 용기가 되었다.

넷째, 희망을 다른 이들과 나누고자 한다. 군부대 강의를 5년째

나가고 있다. 광주에 있는 군부대에서 있었던 일이다. '그린캠프'라는 프로그램이 있다. 그곳에는 부대 생활에 힘들어하는 병사들이 온다. 마음을 닫은 병사들에게 정체성을 찾아 주는 강의를 했다. 그들에게 먼저 다가가려고 애썼다. 특히 그들의 이야기를 들어 주려고 했다. 처음에는 힘들었지만, 시간이 지날수록 마음을 열면서 표정들이 밝아졌다. 병사들을 통해 나 역시 많은 보람을 느꼈다.

마지막으로, 몸 건강을 챙기기로 했다. 진정한 희망은 나로부터 시작된다는 생각을 하게 되었다. 그때 내 몸을 챙기는 것도 중요하다는 사실을 깨달았다. 매일 아침 아파트 헬스장에 가서 러닝머신을 꾸준히 했다. 피곤할 때는 가기 싫은 적도 있었다. 그런 날은 집에서 자전거를 타거나 요가 매트를 깔고 스트레칭을 하면서 운동을 게을리하지 않았다. 꾸준히 하다 보니 피곤함을 덜 느끼게 되었다. 몸이 좋아지면서 삶이 좀 더 적극적으로 변했다.

아인슈타인은 이런 말을 남겼다.

"희망이 없는 인생은 무의미한 것이다."

그만큼 희망은 내 삶에서 길잡이 역할을 한다. 어두운 밤에 길을 잃었을 때 희망의 빛이 길을 비춰 주며, 앞으로 나아갈 수 있게 해 준다. 이 힘을 더욱 키워서 다른 이들과 나누는 데 집중하려고 한다. 이것이 바로 내가 '희망, 처음 알았다'에서 얻은 중요한 깨달음이

며, 앞으로도 내 삶의 지표가 될 것이다. 삶의 모든 순간에서 가능
성을 찾고, 그 가능성을 통해 더 나은 내일을 만들어 가는 일에 집
중하고 있다.

자신감과 희망, 성공의 길을 열다

신윤정

　내성적이고 겁 많던 소녀였다. 자신의 생각을 과감히 주장하지도 못하고 표현력도 부족한 여린 사람이었다. 학창 시절에도 친구들의 고민 상담소 역할을 하며 말하기보단 들어 주는 것에 익숙했다. 책임감도 강하고 성실했지만 소극적인 편이었다. 그러나 다행히도 나에겐 매사에 적극적이고 열성적인 어머니가 있다. 교육열이 높아서 나에게는 가장 무서운 선생님이었다. 그 때문에 밤새 과제를 완성할 때도 많았다. 그런 시간이 쌓여 책임감과 리더십을 배우게 되었다. 누구나 한 번씩은 경험이 있다는 학급의 임원을 맡기도 했다. 반장 선거 연설문을 적어서 수십 번을 외우고 녹음하여 내 스피치를 듣고 수정했다. 그렇게 완벽하게 준비를 시켜 주신 어머니의 덕인 것도 같다. 그때부터였을까? 내 안에는 스타성이 꿈틀거리고 있었나 보다. 교내 축제가 있을 때, 반 대표로 댄스 그룹을 만들어 센터에 섰었고, 체육 대회 때는 응원가를 부르다 목이 쉬는 일이 종종 있었다. 그렇게 팀을 이끌고 학급을 리드하는 것에 꽉 차오르는 희열과 보람을 느꼈다.

드디어 오디션이 시작되었다. S 기업의 홍보와 행사를 진행하는 더블 MC 오디션이었다. 생각보다 꽤 많은 사람이 모여 있었고, 당일 스크립트를 받아 즉석에서 외워 오디션을 봐야만 했다. 너무 떨려서 심장 마비가 올 것만 같았다. 숫기 없고 고지식했던 탓에 주어진 대본만 열심히 외웠고 걱정은 더욱 커져만 갔다. 많은 사람 앞에서 말을 해야 하고, 오디션을 원활하게 이끌어 가야 하는 상황에서 긴장과 압박감을 피할 수 없었다. 무엇보다 더블 MC 오디션이라 상대와의 호흡이 중요했는데, 처음 보는 사람과의 진행 연습은 쉽지 않았다. 파트너는 대한항공 승무원 출신이어서인지 호감 가는 외모와 미소를 가지고 있었다. 나와는 성격과 스피치 스타일이 달라서 잘 어울리지 않는다고 생각했다. 내가 마지막 순서였기에 더욱 마음을 졸이게 되었고, 앞에 경력이 있는 참가자들의 노련한 모습에 기가 죽어 있었다. 순서가 돌아왔을 때, 경직된 표정이었지만 발성과 스피치에 힘을 주었고 구성에 맞게 멘트를 주고받았다. 딱 부러지는 나의 말투와는 달리 구수한 그 친구의 말투는 심사위원들에게 오히려 찰떡궁합이라는 평가를 받았다. 긍정적인 분위기를 확인하고서야 마음이 놓이고 긴장이 풀렸다. 테스트를 비교적 잘 치러 낸 덕분에 합격했다. 예쁘고 끼 많은 경쟁자 중에 합격한 이유를 나중에 관계자에게 들을 수 있었다. 떨고는 있지만 성장 가능성이 보여 선택했다고 말해 주었다. 그 말을 들으니 자신감이 더 커졌다.

S 기업과 1년 계약을 맺으며 그 친구와 함께 전국을 무대로 다양한 경험을 쌓아 갔다. 자신감은 새로운 것에 도전하는 데 필요한 원동력이 되었다. 훗날 페스티벌, 포럼, 콘퍼런스, 리포터 등으로 영역을 넓혀 가며 내 삶의 주체성을 찾아가는 길이 되어 주었다.

어느 행사 일정 때 만난 또 다른 파트너 MC가 기억에 남는다. 여러 행사를 경험하며 발전해 가고 있다고 느끼고 있었다. 사회자로서 행사 분위기를 조성하고 참여와 소통을 도모하는 역할이 능숙해지고 있었다. 그럼에도 불구하고 내공은 쌓이지 않는 느낌이었다. 또한, 무대에 오를 때마다 떨림과 부담감은 스트레스의 주범이 되고 한계를 느끼기도 했다.

그런데 그 시기에, 안산시에서 개최한 재즈 페스티벌 행사가 있었고 나는 새로운 파트너를 만나게 되었다. 남녀노소 불문, 많은 사람이 함께 즐기기 위해 참여했다. 축하 공연팀도 무척이나 기대되는 자리였다. 생각보다 규모가 큰 행사였다. 음향과 무대 준비로 분위기가 어수선했다. 리허설 하면서 더욱 걱정이 앞섰다. 몇 번이나 진행 순서와 스탠바이 장소 등을 체크했다. 스텝들과 진행자와의 신호도 만들면서 호흡을 맞췄다. 세팅이 어느 정도 완성되었을 때 갑자기 댄스 배틀이 시작되었고, 응원 소리 때문에 소란스러워졌다. 그 와중에 한 참가자의 어머니가 무대 위로 올라왔다. 대중의 함성을 더 유도하면서 일이 점점 커지고 있었다. 나는 멘탈 붕괴 직전의 상태가 되었다. 상황을 수습하려고 애쓰고 있을 때, 시작 시간이 점점 다가오고 있었다. 많은 인원의 집중을 어떻게 끌어낼 것인가 걱정스러웠다. 파트너 MC의 선 멘트로 행사는 시작되었다. 사람들을 압도하는 파워와 대중을 아우르는 눈빛이 나를 놀라게 했다. 키도 크고 예쁜 외모에 커트 머리로 강한 인상을 주는 사람이었다. 쾌활한 성격과 친화력, 시원한 미소도 매력적이었지만 가장 놀라웠던 점은 대중을 향한 시선 처리였다.

그날부터 팬심으로 파트너를 바라보게 되었고, 일할 때의 노하우를 유심히 관찰했다. 보면서 항상 생각했던 것은 '저 자신감은 어디서부터 나오는 걸까?'라는 질문이었다. 시나리오도 같이 쓰고 이벤트도 계획하면서 우리는 친해질 수 있었다. 독서 모임도 정기적으로 참여하면서 사람들 앞에서 발표하는 방법을 알아 갔다. 함께하는 날들이 반복되면서 긍정적인 영향을 미쳤다고 생각한다. 그러나 큰 행사들을 진행할 때 만족스럽지 못한 마무리를 하는 일이 종종 있었다. 아직도 처음인 것처럼 어렵다고 말하는 내게 그 멋진 파트너는 이렇게 말해 주었다.

"시선 처리가 흐트러지고, 앞에 앉아 있는 사람들이 눈에 들어오지 않을 때 자신감을 잃게 될 수 있어. 그래서 아이 콘택트는 자신감을 끌어내는 중요한 퍼포먼스가 되는 거지."

이 조언이 강의할 때 큰 힘이 되었다.

실제로 사람들 눈을 맞추며 그것이 자연스러워졌을 때, 자신감은 두 배가 되었다. 상대방의 감정과 의도를 파악하는 훈련은 적극적인 삶의 태도를 갖게 하는 데에 기반이 되었다.

  인생은 우리에게 수많은 도전과 기회를 제공한다. 그 도전들을 극복하고 기회를 최대한 활용하기 위해서는 자신감이 필요하다. 나 역시 각종 오디션과 다양한 MC로서의 도전이 처음에는 쉽지 않았다. 하지만 포기하지 않고 계속 노력한 결과, 이 경험들이 어느새 '할 수 있다'라는 자신감이 되었다. 그것은 대중 앞에 설 수 있는 힘이었다. 무슨 일이라도 도전하는 것이 중요하다. 막상 해 보면 걱정했던 것보다 어렵지 않다. 그 안에서 희망을 발견하기도 했다. 이 깨달음이 나를 계속 나아가게 만들었다. 작은 성공이 모이면 결국 큰 성공이 된다고 믿는다.

실과 바늘의 인연 그리고 깊은 깨달음

이귀희

11이라는 숫자가 익숙한 나는 2남 7녀의 막내로 태어났다. 그리 부유하지 않았지만, 가족의 사랑과 온 동네의 예쁨을 받으며 자랐다. 가족이 11명이라고 하면 사람들은 깜짝 놀란다. 가끔은 많은 가족이 창피해서 줄여서 말하기도 했지만, 지금은 나의 보화이다. 힘이 되어 주고 행복을 주는 가족이다. 우리 동네에서도 나의 이름은 '막내'야이다. 부모님이 늦은 나이에 낳은 막내딸이라 유난히 더 예뻐해 주셨다. 예의범절은 사람 사이의 기본이라며 가르쳐 주신 부모님께 지금은 정말 감사하다. 동네에서는 딸들이 예쁘고 인사도 잘한다는 소문이 났다. 어르신을 대할 때 어렵기보다 친근함이 더 강했다. 언니들은 사소한 일들로 싸우기도 했지만, 나는 언니들과 싸우는 일이 단 한 번도 없었다. 그저 잘 따라다녔다. 잘 웃고 인사를 잘하는 덕분에 며느리 삼고 싶다는 이야기도 많이 들었다.

뭐든 모범인 내게도 부모님이 싫어하시는 것이 딱 하나가 있었다. 바로 개신교 신자인 것을 마땅찮아하셨다. 그럴수록 나던 사람의 신앙심은 깊어졌다. 부모님과 떨어져 살면서 더욱더 열심히 기독교 단체에서 봉사 활동을 많이 하였고, 신앙 생활로 나의 20대를 보냈다. 봉사 활동을 하다 보니 많은 청년들과 소통을 하게 되었고, 다른 교회와 교류도 하였다. 행사 때마다 사회를 보는 한 사람이 있었다. 키는 작은데 재미있고 특기가 많은 청년부 회원이었다. 몇 년을 함께 봉사 활동을 하면서 다녔다. 그러던 어느 날, '미소가 아름다운 작은 숙녀가 눈에 보였다'라면서 나를 따라다녔다. 내 이상형은 키가 크고 신앙 깊은 사람, 술과 담배를 하지 않는 사람, 인성이 좋은 사람이었다. 평소 나는 늘 부모님처럼 남편을 잘 섬기는 현모양처가 되어야겠다고 생각했었다. 몇 번 이야기를 통해 신앙심, 술, 담배, 인격이 내가 생각했던 부분과 일치하다는 생각이 들면서 우리는 연애를 시작했다. 6개월의 짧고 굵은 탐색 기간을 끝내고 결혼 이야기를 주고받았다.

드디어 부천 호텔에서 상견례를 하게 되었다. 너무 떨리기도 했지만, 연애 기간 중 가장 서글펐던 날이었다. 시어머니는 키가 작고 마른 나의 외모를 좋아하지 않으셨다. 시댁도 우리 가족처럼 키가 크지 않기에 키가 크고 훤칠한 며느리를 보고 싶어 하셨다. 나중에 알게 된 사실이지만, 남편도 키가 작은데 어떤 키가 큰 여자가 좋아할까 하는 생각이 들었다. 시어머니의 표정이 그리 좋지 않으니 엄마는 "막내라서 부족합니다. 정말 죄송합니다. 많이 가르쳐 주세요."

하면서 연신 고개를 숙였다. 그 모습이 참 속상하기도 했다. 시댁은 불교 집안의 부천 종갓집이다. 오직 남편만 교회를 다니니 내가 교회 다니는 것도 맘에 들어 하지 않았다. 제사를 많이 지내는데 남편과 나만 기도를 하고 있으니 시어머니 입장에서는 그럴 수 있었을 것 같다. 허니문으로 아기가 생겼지만, 시어머니는 "뭐가 급해서 애를 먼저 가져? 직장 생활 해서 돈을 벌어야지."라고 했던 말이 깊은 상처가 되었다. 결혼과 함께 많은 부분 위축이 되었다. 극심한 입덧으로 하루 한 끼도 못 먹고 누워서 5개월을 보냈다. 6개월이 되면서 조금씩 먹을 수 있었고, 그때쯤 내 생일이 돌아왔다. 결혼하고 첫 생일이었기에 시댁에 대한 기대가 컸다. 역시 절대 잊지 못하는 생일이었다. 집들이 겸 생일 파티를 우리 집에서 하게 되었다. 친언니가 족발집을 하여서 대부분 음식은 언니의 도움으로 하게 되었지만, 조금은 서운한 마음이 앞서기도 했던 첫 생일날이었다.

명절에는 종갓집이라 음식도 엄청 많이 한다. 만삭인 배로 각종 부침개를 6시간을 부치던 기억이 난다. 무거운 김치통을 들어야 할 때, 남편을 부르면 남자는 부엌에 들어오는 것이 아니라며 핀잔을 줬다. 나는 점점 소심해졌고 속으로 삭이는 일들이 많아졌다. 남편은 인격적이었지만 집안일을 잘 모르는 철부지 막내아들이었다.

시간은 훌쩍 지나서 예쁜 딸과 멋진 아들은 둔 엄마가 되었다. 아이들을 어느 정도 키우면서 사회생활을 시작했다. 결혼 생활 10년을 넘기면서 시어머니를 이해하게 되었다. 지금은 치매를 앓고 있어서 요양원에 계신다. 시어머니는 홀시아버지와 시동생 둘이나 있는, 남자만 사는 집으로 시집을 왔다. 장남에게 결혼해서 막내 시동생을 키우면서 시집살이를 시작했다. 아침에 아기 낳고 오후에 바로 일을 했다고 한다. 농사지으면서 집안일도 하고, 밖에 일까지 했다. 생활력이 아주 강한 시어머니다. 그러하기에 약한 내가 예뻐 보이진 않으셨을 것 같다. 남편의 작은 키 유전자를 바꾸려고 키 큰 며느리를 원했다. 큰 며느리도 작아서 작은 며느리만큼은 키가 컸으면 했는데 시어머니의 꿈은 모두 깨져 버렸다. 키도 작고 힘도 없으니 속상했을 것 같다. 이것이 내가 아이를 낳고 이해한 시어머니의 삶이다. 나중에 들은 이야기이지만, 밖에서는 내 칭찬을 많이 했다고 한다. 우리 아이들을 유난히도 예뻐해 주는 어머니의 목소리가 이젠 그립다. 잔소리까지도⋯. 지금 생각해 보니 제대로 된 식사 한 번, 비싼 옷 한 벌, 제대로 된 효도 관광 한번 해 드리지 못한 것이 참 후회가 되고 너무 죄송하다. 오롯이 시어머니는 가족을 위해 모든 것을 내어 주시고 희생하셨는데, 지금은 아무것도 모른 채 요양원 침대에서 매일 밤과 낮을 맞이하고 있다.

언젠가 아들이 내게 이런 말을 했다.

"엄마, 가족만 너무 챙기지 말고 엄마도 챙기세요. 맛있는 거는 우리가 나중에 더 많이 먹으니 지금 맛있는 거 엄마 먼저 드세요."

속 깊은 아들의 말에 생각하게 되었다. 30년은 막내딸로 살았고, 20년은 아내와 엄마로 살았다. 이젠 또 다른 나를 찾는 삶을 살아

보려고 한다. 처음이기에 떨리기도 하고 설레기도 한다. 누군가 말했다. '아름답다'라는 말 중에 '아름'은 자신을 의미한다고 한다. 행복한 것, 하고 싶은 것, 멋진 삶을 그려 보고 싶다. 20년 동안 굳어진 근육을 풀기도 힘든데, 나 중심의 삶으로 바꾸는 것은 근육을 푸는 것만큼 힘들 수도 있다.

어쩌면 예전 모습에 자꾸 끌려서 다시 돌아갈 수 있지만, 노력이란 걸 해 볼 생각이다. 용기가 필요하고 눈과 귀를 조금은 막아야할지 모른다. 20년 동안 내가 없는 삶을 살았다. 힘들었지만 성장하는 계기가 되었다. 나만의 중심적인 삶을 그려 볼 생각이다. 그렇다고 이기적인 삶을 살아간다는 것이 아니라 가장 먼저 자신을 생각한다는 것이다. 지금도 어렵지만 이겨 내 볼 작정이다. 이긴 만큼내 삶의 아름다운 풍경을 기대해 볼 것이다. 그래서 설레기도 한다. 나답게 살기로 한 순간부터 행복을 알게 되었다. 누군가의 아내나엄마도 좋지만, 온전한 나로 살아가는 시간이 소중하다.

경험이 쌓이면 자산이 된다

이지선

친구들과 함께 있을 때는 명랑하고 이야기도 잘하는 편이었다. 반면에 사람들 앞에서 말을 하거나 낯선 사람을 보면 긴장해서 원래의 성격이 드러나지 않았다. 어릴 때부터 큰 불편함이 없이 당연하게 지냈었다. 그러다 대학교 2학년 발표 수업 때 당연하게 생각했던 것이 완전히 무너지는 일이 생겼다. 전공 수업 시간 때 교수님이 말씀하셨다.

"이번 과제는 프레젠테이션으로 평가하겠습니다."

과제를 학과 친구들 앞에서 발표하라는 교수님의 이야기를 듣는 순간 긴장감을 느꼈다. 많은 사람 앞에서 프레젠테이션 한다고 생각하니 막막하고 두려웠다. 피할 수 있는 배포도 없었고, 안 하겠다는 핑곗거리를 찾을 수 없었다. 결국 걱정과 두려움만 가득 안은 채 발표를 시작했다. 말할수록 목소리가 떨려 왔고, 내가 어떤 말을 하는

지 하나도 들리지 않았다. 너무 긴장한 탓에 말을 하면 할수록 산으로 가고 숨은 턱까지 차올랐다.

그런 모습을 보고 친구들은 '쟤 왜 저러는 거지?'라며 손가락질하는 것 같았다. 숨은 가빠졌고, 이 상황을 빨리 끝내고만 싶었다. "교수님, 죄송합니다. 더 이상 못 하겠어요."라고 말하며 발표를 중단하고 말았다. 이불 킥을 백 번 해도 모자랄 만큼 창피해 펑펑 눈물이 났다.

사람들 앞에서 발표는 절대 못 한다는 생각을 주홍 글씨처럼 가슴에 새기게 되었다. 그 후 발표 과제가 있는 수업은 무조건 피했고, 조별 과제를 할 때도 발표는 못 한다며 손사래 치며 친구들에게 맡겼다. 그렇게 대학 시절을 버티며 지냈지만, 자신감은 더 낮아질 수밖에 없었다.

대학 졸업 후 취업을 위해 면접을 많이 봤다. 긴장을 많이 하고 자신감 없는 말투 때문에 계속 떨어졌다. 역시 난 안 되겠다는 마음만 더 굳게 생기게 할 뿐이었다. 취업은 나에게는 한참 먼 이야기처럼 들렸다.

그러다 가까스로 해운회사 관리직에 취업하게 되었다. 내가 하고 싶었던 일도 아니었고, 전공과 다른 회계 업무를 맡았다. 잘 알지 못하는 상태인데다 관심도 없었기 때문에 매일 혼나기 일쑤였다. 업무를 잘하기 위해 학원도 다녔지만, 흥미가 생기지 않았다. 이 일을 계속해야 한다고 생각하니 숨이 막히기 시작했다. 회사에서 행복하지 않았고, 웃음은 점점 사라져 갔다. 명랑했던 성격이 회사만 오면 소심해지고 무표정한 얼굴로 변해 있었다.

그러던 중 사내 비즈니스 매너 교육을 듣게 되었다. 신입 사원이 가져야 할 마인드와 직장 예절 교육이었다. 교육을 들으며 내용보다 '강사'라는 직업에 관심이 갔다. 강사가 되기 위해 어떤 준비를 하면 좋을지 궁금했다. 하지만 마음속 한편에 걱정과 불안감이 밀려왔다. 그동안 사람들 앞에서 이야기했던 장면들이 눈앞에 스쳐 지나갔다. 발표 공포증으로 제대로 해내지 못한 모습들뿐이었다. 대중 앞에서 이야기하는 것은 나에겐 큰 벽이었다. 강사를 직업으로 하고 싶다는 생각을 전에는 한 번도 해 보지 못했다.

남은 인생, 원하는 일 해 보자는 마음으로 주사위를 던져 보기로 했다. 회사에 사표를 쓰고, 어떻게 하면 강사가 될 수 있을지 인터넷 검색을 시작했다. CS 강사 아카데미를 알게 되었다. 사회 초년생에겐 큰돈이었지만, 미래를 위해 투자한다는 마음으로 망설이지 않고 등록했다. 말 잘하는 친구들 사이에서 위축되기만 했다. 실력이 나아지지 않아 이 길이 맞나 싶은 생각도 들었지만, 절대 포기하지 않기로 다짐했다. 말할 기회를 늘리기 위해 독서 모임에 다니며 생각을 조금씩 이야기해 보는 연습을 했다. 그러다 모임 시작 전 아이스 브레이킹 10분의 시간이 주어졌다. 하다 보니 말하는 실력이 나아지면서 자신감도 조금씩 생겼다.

강사가 되기 위해 수없이 면접을 보고 시도한 끝에 드디어 입사하게 되었다. 내가 입사한 곳은 기업 직원을 대상으로 변화 관리, 커뮤니케이션, 조직 활성화를 주제로 교육을 진행하고 컨설팅해 주는 곳이었다. 이제 회사만 잘 다니면 모든 꿈이 이루어지겠다는 생각이 들었다. 입사하면 바로 강의할 수 있을 줄 알았다. 하지만 매뉴얼을 받고 교육 영업을 하게 되었다. 기업 교육 담당자를 대상으로 회사의 교육 프로그램을 영업해야 했다. 영업에 관심이 하나도 없었고 어떻게 해야 할 줄도 몰랐지만, 선배들이 알려 주는 대로 눈치껏 일을 했다. 어느 정도 익숙해지니 회사에서 진행하는 교육 연극을 해 보지 않겠냐는 제안을 받았다. 처음에는 아주 작은 배역부터 시작했다. 대사는 두세 마디 정도였다. 점점 익숙해지면서 대사는 늘어났고, 어느 순간 교육 연극의 주연이 되어 있었다.

그때 맡은 역할은 평범한 가정의 50대 엄마였다. 그 당시 결혼도 하지 않았던 내가 고등학생 자녀를 두고 오로지 가족을 위해 희생만 하는 엄마의 한을 표현해야만 했다. 연극 신 중에는 부부 싸움을 하고 아내의 서러움을 표현하는 독백 신이 가장 어려웠다.

연극을 하면서 많은 생각이 들었다. '이렇게까지 해야 하나. 이럴 거면 대학로에 가서 연극을 하지. 난 강사가 되고 싶은데 지금 뭘 하고 있지?'라는 생각을 떨칠 수 없었다. 그래도 당장 강의하고 싶다고 말하기엔 자신이 없었다.

4년가량 연극을 하니 다시 강의하고 싶다는 생각이 들었다. 강사일을 할 수 있을 줄 알고 입사했는데, 생각지도 못한 연극을 하면서 불만은 쌓여 갔다. 언제 강의를 할 수 있는 건지 답답하기만 했다. 그러다 회사 대표님과 면담하는 시간이 있었다.

"강의는 언제 할 수 있을까요?"라고 물었다.

"사람마다 다 때가 있단다. 그때는 네가 찾아가는 것이 아니라 찾아오는 것이다."

답변을 들으니 회사 대표로서 직원에게 해 주는 형식적인 말처럼 느껴졌다.

그래도 교육 일을 할 수 있다고 생각해 최선을 다하며 지냈다. 연극이지만 교육 일을 하는 게 즐겁고 행복했다. 그러다 드디어 강의를 조금씩 할 기회가 생겼다.

강의를 한참 하고 난 후에야 알았다. 내가 많은 사람 앞에서 이야기할 힘을 만들어 준 건 영업을 했기 때문이었다. 영업하면서 사람들을 설득할 방법을 배웠다. 많은 사람 앞에서 말할 힘을 만들어 준 것은 바로 연극이었다. 연극은 다양한 감정을 전달해야 관객의 마음에 닿을 수 있다. 필요 없다고 생각했던 일들이 지나고 보니 일을 위해 꼭 해야만 했던 것들이었다.

승려이자 명상가인 틱낫한이 말했다.

"행복을 찾는 길은 따로 존재하지 않습니다. 행복 자체가 곧 길입니다."

강사 일을 포기하지 않았던 것은 어떤 일보다 좋았기 때문이다. 일을 즐기다 보니 저절로 열정이 생기고 장점이 드러났다. 발표 불안도 그 덕에 이겨 낼 수 있었다. 행복을 느낄 때, 지치지 않고 나아 갈 수 있다.

희, 기쁨인가? 희망인가?

황은정

내 삶에서 가장 힘들었던 순간은 언제인가? 가끔 이런 질문을 던질 때가 있다. 오늘은 이 질문에 집중해 보고 싶다. 성공한 사람들의 이야기를 듣거나 지인들의 힘든 사연을 들어 보면 내 이야기는 평범한 것 같았다. 힘들다고 이야기하는 것도 민망할 정도였던 것 같다. 어느 날 친한 지인과 20대, 30대 때의 이야기를 나눈 적이 있다. 그때 나는 눈시울이 붉어지기도 했다. 그렇게 힘든 일이 아니었는데 왜 그랬을까? 이 글을 작성하면서 나를 좀 더 관찰하고 집중해 보는 시간을 갖기로 했다.

어린 시절 그리 넉넉하지는 않았지만, 하고 싶은 것을 많이 할 수 있는 환경에서 자랐다. 외동딸이라서 부모님은 딸이 하고 싶어 하는 것을 다 해 주셨다. 하지만 부모님은 늘 가난에 대해 이야기했고, 제대로 해 주지 못함에 미안해했다. 어른이 되어서 생각해 보니 그렇게 힘들지 않았던 것 같다. 내가 하고 싶은 것 다 할 수 있었으니까. 내 어린 시절은 꽤 행복했다.

가장 힘들었던 시절은 오히려 어린 시절보다 가족, 일, 경제 이 세 가지의 어려움이 복합적으로 발생했을 때였다. 두 번째 직장을 그만둔 것이 방황의 시작이었을까? 누구도 나에게 지혜로운 대처 방법을 알려 주지 않았다. 힘은 들었지만, 극복할 수 있는 에너지 덕분에 더 성장할 수 있었다.

부모님은 내가 첫 직장을 그만두고 상경하면서 함께 귀농을 결정했다. 2년이 지난 이후에도 자리를 잡아 가는 중이었고, 때마침 이직을 준비하고 있는 시기였다. 내가 귀농하면 도움이 되지 않을까? 막연하게 생각했다. 나름 귀농을 하고 처음에는 여유가 있다고 생각했다. 우리가 살 집도 마련이 되었고, 농사지을 땅도 있었고, 차도 있었다. 단지 너무 시골이었다는 것. 한번 시내를 나가려면 마음을 먹어야 했다는 것. 하지만 그것은 문제가 되지 않았다. 부모님은 귀농했을 때는 사과 농사로 시작했다. 이때는 내가 할 수 있는 역할이 없었다. 내가 귀농하면서 맡게 된 것은 '쥬키니'라는 작물이었다. 쥬키니는 애호박 같은 긴 모양의 호박이다. 다른 점은 조금 더 크다는 것. 주로 양이 많이 나오다 보니 중식집에서 많이 쓴다고 알고 있다. 퇴사 전에도 쉬는 날 도와 드려 보니 다른 작물보다는 쉽게 할 수 있겠다는 생각이 들었다. 손수레를 끌고 다니면서 알맞은 크기의 쥬키니를 발견하면 가위로 꼭지를 잘라서 따면 되는 것이었다. 무거워서 혼자 하기가 쉽지 않았다. 일반적으로 500g 정도의 크기로 판매되는 것인데, 내가 따는 쥬키니의 무게는 1kg가 넘었다. 손수레에 몇 개만 실어도 어마어마한 무게가 되었다. 한 달 동안 쥬키니를 따고 포장해서 공판장에 보내고를 반복했다. 이 일을 하면서 느낀 점은 농사는 이익을 남기기가 너무 어렵다는 것이었다. 부모님의 노고를 몸소 느낄 수 있었다. 내가 부모님을 도울 때는 3년 차. 벌써 빚이 불어날 대로 불어나 있었다. 수익이 나지 않으니, 외상으로 가지고 왔던 박스값, 비룟값, 씨앗 값 등이 점점 쌓이고 있었다. 부모님은 더 예민해졌다. 하지만 농사를 그만두고 다른 일을 하는 것은 바라지 않았다. 선택이 필요했다. 귀농의 가장 큰 이유는 부모님을 돕기 위해서였고, 두 번째 이유는 도피하고 싶었기 때문이었다. 일하면서 내가 부모님에게 도움이 되는지를 다시 생각하게 되었고, 원래 하던 일이 나에게는 더 의미 있는 일이 아닐까를 생각하게 되었다.

여기서 두 번째 직장에 대해 이야기하지 않을 수 없겠다. 왜 해왔던 일을 그만두게 되었는지. 두 번째 직장은 굉장히 기대하고 입사했다. 팀원들과 협업하는 환경이 중요했고, 자율적인 선택이 있는 회사를 원했다. 처음에는 팀원들과 협업이 잘되었는데, 1년 차에 팀원들이 바뀌면서 문제가 시작되었다. 일 자체에 어려움보다는 관계에 대한 어려움이 확실히 컸다. 상사 없이 3명이 협업해야 하는 구조였는데 누군가는 팀장이 되고 싶었던 것 같다. 마음이 잘 맞지 않았고, 서로 이해하려고 하지 않았다. 그렇게 점점 멀어지다가 퇴사를 결정하게 되었다. 아마도 귀농하고 다시 돌아오기가 조금 쉬웠던 것은 일 자체가 싫었던 것은 아니었기 때문인 것 같다. 그 당시만 해도 소통이 되지 않는 이 분야에서는 내가 할 수 있는 일이 없다고 생각했다. 귀농이라는 힘들었던 경험 덕분에 다른 분야에 도전할 수 있었다.

귀농하고 3개월이 조금 지난 시기에 H고등학교에서 면접을 보고 싶다고 연락이 왔다. 아마도 예전에 등록해 놓은 내용을 보고 연락을 준 것 같다. 이렇게 타이밍이 절묘하게 다시 일을 하게 되었다. 상담 일을 시작하게 되면서 되돌아볼 수 있는 시간도 되었다. 더 자세한 비전을 세우고 어떻게 준비해 나가야 할지 기회가 된 것 같다. 이직했던 고등학교에서는 단기로 5개월 정도 일을 했지만 많은 일을 했고, 변화도 있었다. 그전에는 다양한 나이대의 사람들을 만나면서 정체성을 찾지 못하고 있었다. 고등학교 학생들은 취업과 진로에 대한 방향성이 있었기에 집중해야 할 것이 무엇인지 빠르게 파악할 수 있었다. 이 시기에 공무원, 공기업, 대기업, 중소기업으로 나누어 취업 준비에 필요한 것을 경험할 수 있는 소중한 시간이었다. 그리고 진로 강의를 맡게 되면서 15주 차의 강의를 어떻게 준비해야 하고 도움을 줄 수 있는지 계획과 목표도 세울 수 있었다. 완벽하지는 않았지만, 성장에 아주 큰 경험이었다고 생각한다. 좋은 선생님들을 만나 다양한 경험을 할 수 있는 기회였다. 직업에 대한 방향성을 가질 수 있었고, 이를 계기로 나의 목표는 청년들을 위한 비전을 심어 주는 상담사가 되고 싶어졌다.

이 경험을 잘 활용할 수 있었던 다음 기회가 대학교에서 했던 컨설팅 업무였다. 다양한 전공 학생들을 만나 상담을 해야 했기에 이 분야에 관한 공부가 철저히 필요했다. 고등학교에서 단련된 경험으로 하나씩 나를 만들어 가려고 노력했다. 프로 배움러가 되기 위해 일주일에 한 번은 교육받으러 다녔고, 다양한 정보를 수집하기 위해 여러 방면으로 노력했다. 스스로를 만들어 가는 과정에서 깨달은 점은 흥미만으로는 직업에 대한 만족감을 가질 수 없다는 것이었다. 대학교에서 컨설팅하면서 처음부터 알게 되었던 것은 아니었다. 직무 수행을 하면서 그 부분을 채우다 보니 만족감이 생겼고, 나에게 중요한 것이 무엇이었다는 것을 깨닫게 되었다.

직업에 대한 만족감도 오래가지 못했다. 혼자 산 지 5년이 넘었지만, 여전히 난 혼자가 아니었다. 부모님의 귀농으로 쌓인 빚을 갚기 위해 한 달에 한 번씩 일정 금액을 지원해야 했고, 무조건 집에 가서 봉사해야 했다. 물론 의무는 아니었고, 우리 집의 암묵적인 규정이었달까? 이것은 시작에 불과했다. 부모님은 귀농한 지 5년이 되어 가는 시점이었고, 나 또한 자리를 잡아 가는 상황이었다. 빚이 불어 더 이상 감당할 수 없는 상황이 되었다. 동생들은 너무 어렸고, 금전적인 지원은 나밖에 할 수 없었다. 경제적인 부분에 손을 놓을 수 없었고 책임감을 느끼고 일해 왔다. 부모님이 이만큼 나를 키워 주셨으니까. 하지만 이때 경제적인 어려움이 얼마나 사람을 피폐하게 하는지 감정적으로, 육체적으로 많은 걸 겪어 본 시기였다. 이 시기를 이겨 낼 수 있던 이유는 일에 대한 만족 때문이었다. 내가 무엇을 해야 하는지, 누군가에게 어떤 도움을 줄 수 있는지 목표지향적으로 나아갈 수 있었다.

나와 같은 고민을 하는 사람들에게 해 주고 싶은 말이 있다. 아마도 힘든 순간이 올 것이다. 그때마다 나를 되돌아보았으면 좋겠다. 내가 할 수 있는 일을 찾으면서 인생에 집중할 수 있었다. 지금 당장 해결되지 않더라도 분명 길은 있다. 문제를 조금씩 해결해 가면서, 그 안에서 성취감도 느낄 수 있었다. 그 시간이 앞으로 나아갈 수 있게 하는 삶의 원동력이었다.

2장

고난에서
배우는 순간

내 인생의 흑역사

김진주

누구나 살아가면서 한 번쯤은 힘든 일을 겪는다. 어떤 힘듦이나 고통도 그 사람이 이겨 낼 수 있는 만큼만 준다고 한다. 힘든 일을 겪으면서 많은 생각이 교차했다. 그때 '돌다리도 두들겨 보고 건너라'라는 말을 떠올리며 후회하기도 했다. 한순간 잘못된 판단으로 자신의 인생에 오점을 남기도 한다.

2012년 어느 날, 취직을 위해 면접을 봤다. 학창 시절부터 서울로 취직을 하고 싶다는 생각을 많이 했다. 서울 쪽으로 일을 알아보고 있었는데, 학교 다닐 때부터 알던 오빠에게 연락이 왔다.

"요즘 뭐 하면서 지내?"

"취직 준비 하면서 지내고 있어. 오빠는 뭐 하고 지내?"라고 말을 건넸다. 얼굴을 보자고 해서 며칠 후 전주에서 만났다. 오빠가 다니는 회사는 외국계 기업인데, 커피와 관련된 회사였다. 마침 직원을 뽑는다며 이력서를 제출해 보지 않겠냐고 물었다. 당연히 서울에서 일할 수도 있다는 생각에 기뻐서 알겠다고 했다. 바로 이력서를 오빠한테 보내 줬고, 오빠는 곧 회사에서 연락이 갈 거라고 말했다. 합격하면 밥 사 준다며 말하고 헤어졌다. 연락이 언제 올지 몰라서 핸드폰만 보며 연락을 기다렸다. 며칠 후, 회사 인사팀에서 연락이 왔다. 면접은 화상 면접으로 진행한다고 해서 '외국계 기업은 면접도 다르구나'라고 생각했다. 며칠 후 면접 날이 다가왔다. 떨리는 마음으로 면접을 기다리고 있었다. 시간이 되고 면접이 시작됐다. 생각보다 분위기도 딱딱하지 않고 부드러웠다. 내가 생각했던 압박 면접과는 거리가 멀었다. '외국계 기업은 면접 분위기도 다르다'라고 생각했다. 며칠 후 합격했다는 연락을 받았다. 출근 날짜는 2주 뒤였다. 기숙사를 준다고 했다. 부모님한테는 외국계 기업에 합격해서 서울에서 일하게 됐고, 기숙사가 있어서 짐만 챙겨서 가면 된다고 말했다. 처음으로 딸을 서울로 보내는 부모님은 걱정이 되는 눈치다. 나는 독립해서 산다는 생각에 한없이 들떠 있었다. 부모님은 데려다준다고 했지만, 괜찮다며 혼자 버스를 타고 올라갔다.

서울에 도착했을 때 가슴이 너무 벅찼다. '이제 나도 회사원이 될 수 있겠구나, 사원증 목에 걸고 다닐 수 있겠구나.'라는 생각에 설다. 오빠가 마중을 나와 있었는데, 느낌이 이상했다. 짐은 내가 들겠다고 했는데, 굳이 무겁다며 오빠가 가지고 갔다. 핸드폰만 손에

쥔 채 오빠한테 이끌려 어디론가 가고 있었다. 어딘지도 모르고 길도 몰라 그냥 오빠가 이끄는 대로 따라갔다. 기숙사를 먼저 가고 내일 출근을 같이 한다고 했다. 6시 30분까지 앞에서 만나서 같이 가기로 했다. 점점 어두운 골목으로 갔다. 허름한 건물 2층에 올라가니 두 개의 현관문이 있었다. 오른쪽 현관문으로 들어갔다. 방 두 개에 거실 하나 있는 집이었는데, 또래처럼 보이는 남자와 여자가 15~20명 정도 있었다. 보자마자 이건 잘못됐다는 걸 깨달았다. 그때 무작정 어디라도 도망쳤어야 했다. 짐은 뺏긴 상태고, 핸드폰도 어느 순간 내가 들고 있지 않았다. 그렇게 아는 오빠에게 취업 사기를 당해 불법 다단계에 들어갔다. 일과는 일찍부터 시작했다. 아침 5시 기상, 아침 준비 및 식사 후 출근 준비해서 6시 30분쯤 나가면 건물 바로 앞에 봉고차가 있었다. 차를 타고 다른 건물 앞에 세워주면 내려서 바로 건물로 들어가면 됐다. 아직도 거기 위치를 정확히 모르겠다. 지금 생각해 보면 잠실 근처였던 것 같은데, 그것도 확실치가 않다. 7시 30분까지 사람들이 출근했다. 출근한 뒤에는 각자 교실 같은 곳에 들어가 교육을 받았다. 세뇌당하는 기분이었다. 옆에는 한 사람씩 붙어서 신입들을 밀착 감시 하고 핸드폰도 빼앗아 갔다. 연락할 방법이 없었다. 누구한테라도 연락해야 하는데 기억나는 번호도 없고, 계속 사람이 따라다니니 답답한 마음뿐이었다. 그러다가 딸이 연락이 안 되자 부모님이 계속 연락했는지 어떤 남자가 핸드폰을 가지고 왔다. 부모님에게 잘 지낸다고 일이 바빠서 연락을 잘 못한다고 문자를 써서 보여 줬다. 이대로 보내겠다고 했다. 내가 보내겠다고 하니 안 된다는 대답에 그대로 문자를 보내 달라고 했다. 부모님에게 걱정을 끼쳐 드리고 싶지는 않았다. 감시하에 오후 4시까지 교육을 받고 끝나면 출근과 똑같이 봉고차를 타고 다시 집으로 갔다. 가서 저녁 준비를 하고 6시에 저녁을 먹고 당번을 정해 뒷정리를 했다. 가끔 근처 운동장에서 운동도 하고 산책도 했다. 감시하는 사람들이 항상 있어서 빠져나가기란 쉽지 않았다. 며칠 후에 화장실 가서 부모님이랑 통화하고 오겠다고 하니 웬일인지 순순히 핸드폰을 줬다. 조금은 나를 믿었나 보다. 만나고 있던 남자 친구한테 문자를 했다. 다단계에 끌려온 것 같은데 여기 어딘지 모르겠다고 했다. 그랬더니 바로 답장이 왔다. 3일 후 오후 4시에 연락한다고, 핸드폰을 가지고 있으라고 했다. 알겠다고 하고, 그 사이에는 핸드폰을 빼앗아 가니 연락하지 말라고 했다. 연락한 흔적들을 지우고 다시 핸드폰을 감시하던 사람한테 줬다. 연락하기로 한 하루 전날이다. 교육생들이 수료식을 한다고 했다. 수료식을 큰 강당에서 하는데, 우리나라 20대 초중반의 젊은 사람들이 다 있는 줄 알았다. 수료식을 하고, 나를 데리고 간 오빠가 저녁에 밥을 사 준다고 했다. 미안해서 밥을 사 준다고 하는지 알았다. 다단계에 끌려간 뒤 처음으로 나온 날이었다. 오빠한테 말했다. 내일 하루는 오빠가 내 옆에 있으면 좋겠다고 했다. 지금 나를 따라다니는 사람이 무섭다고, 하루만 오빠가 해주면 안 되냐고 말했다. 오빠는 알겠다고 했다. 드디어 약속한 날짜가 되었다. 말한 대로 오빠는 옆에서 내 핸드폰을 가지고 있었다. 부모님과 연락한다고 하고 핸드폰을 받았다. 화장실 가서 전화한다고 하니 순순히 보내 줬다. 핸드폰을 가지고 화장실로 갔다. 오빠는 화장실 앞에 기다리고 있었다. 연락하기로 한 시간이 되니 바로 문자가 왔다. 오늘 오후 6시에 고속 터미널 근처로 오라고 했다. 자기 번호를 외우고, 무조건 도망쳐서 연락하라고 했다. 점점 집에 갈 시간은 다가오고 초조했다. 짐도 다 버리고 일단 도망 나가기로 마음먹고 있었다. 전날 수료식을 해서 그런지 그날따라 정신없는 분위기였다. 혼란한 틈을 타 큰 길가 쪽으로 무조건 뛰어가 운 좋게 바로 택시를 탔다. 타자마자 바로 출발해 달라고 말한 뒤 창문을 보니 남자 4~5명이 쫓아오고 있었다. 택시 기사님한테 핸드폰을 빌려 남자 친구에게 연락했다. 가까운 역에 내려 지하철을 타라고 했다. 지하철을 타고 있는데, 뒤에서 누가 나를 잡았다. '아 잡혔구나, 이제 끝났다.'라고 생각하는 순간, 남자 친구라는 걸 알았다. 보자마자 창피한 줄도 모르고 지하철에서 울고불고 난리를 쳤다. 고속 터미널로 가서 전주 가는 표를 끊고 차 시간을 기다리고 있는데, '쫓아오지 않았을까?'라는 생각에 무서웠다. 버스를 타고 전주에 도착했다. 안심이 되어 길바닥에 주저앉아서 또 울었다. 남자 친구가 내가 있는 곳을 어떻게 알았는지는 알 수 없었지만, 그래도 도움을 받아 불법 다단계에서 탈출했다. 몇 달 후 그 다단계 집단이 경찰에 잡혔다는 뉴스를 보았다. 취업도 실패하고, 사람도 잃고, 상처로 남은 경험이었다.

'돌다리도 두들겨 보고 건너라'라는 말이 있다. 회사에 전화해서 한 번이라도 확인했으면 이런 일은 일어나지 않았을 거다. 나에게 어떤 일이 일어나든 침착하고 어리석은 선택은 하지 말자. 한순간 잘못된 판단으로 흑역사로 자리 잡은 사건이었다. 한편으론 인생의 전환점이 된 사건이기도 하다. 그 후로는 다시 한번 확인하는 습관이 생겼다. 인생의 고난이 꼭 나쁜 것만은 아니다. 그 안에서 인생의 교훈을 얻기도 한다.

이 시간부로 석방합니다

김창범

예기치 못한 일을 수없이 만나고, 우여곡절을 겪게 되는 게 인생이라고 한다. 내 의지와 상관없는 상황과 맞닥뜨려질 때도 있다. 나름 성실하게 살았는데, 왜 나에게 이러한 일이 닥치는가 원망의 순간도 만나게 된다. 관행이었다, 어쩔 수 없었다는 말로 변명하는 자신의 또 다른 모습을 볼 때도 있다.

1999년 초여름 어느 금요일 아침, 출근 준비를 하는데 현관 벨 소리가 난다. 순간, '올 것이 왔구나' 하는 불길한 예감이 들었다. 현관문을 열었다.

"김창범 씨?"

공무원증을 들어 보이며 사파리 점퍼를 입은 사람이 신발을 벗고 거실로 들어온다. 키도 크고 덩치가 있었다. 수원지방검찰청 수사관이라고 한다. 당기듯 내 팔을 잡고 안방으로 밀고 들어가며 방문을 닫는다.

"당신은 변호사를 선임할 수 있고, 묵비권을 행사할 수 있습니다. 집에 어머니가 계시니 수갑은 채우지 않겠습니다. 밤을 새울 수 있으니 점퍼 하나 챙기고 나오세요."

머릿속이 하얗게 변하는 것 같았다. 팔다리에 힘이 쭉 빠진다. 장롱에서 즐겨 입던 감색 점퍼를 하나 챙겨 꺼내고 수사관과 함께 안방에서 나왔다. 방문 앞에 어머니가 사색이 되어서 계신다. "어머니, 아드님하고 할 얘기가 있어 잠시 같이 나가겠습니다."라며 수사관이 어머니께 말하여 살짝 고개 숙여 인사한다. 수사관은 나의 팔짱을 끼고 데리고 나간다. 뭐라고 엄마한테 말할 틈도 없이 끌리듯 나와 밖에 대기하고 있던 차량에 올라탔다. 도착한 곳은 수원지방검찰청 공안부 조사실이었다.

당시 전국적으로 관공서에서 발주하는 사업과 관련하여 공사 감독부서와 계약부서에 대한 대대적인 감찰이 시작되었던 때였다. 관행처럼 이어져 온 업자와의 비리를 밝혀 엄단하겠다는 검찰의 기획 수사 일환이었다. 벌써 여러 명의 동료 직원이 검찰청에 불려 가 조사를 받았고, 받고 있다는 소문이 퍼져 있을 때였다. 당시 나는 수원시에서 발주하는 모든 공사 계약 업무를 총괄하는 회계과 계약관리계장으로 근무하고 있었다. 조만간 나도 조사를 받게 될 것이라는 생각에 불안하고 초조해하고 있던 때였다.

조사실에는 맞붙여 놓은 책상 두 개와 접의자, 칸막이 그리고 그 옆에 낡은 소파가 놓여 있었다. 벽에는 아무것도 붙어 있지 않았다.

시멘트벽이 그대로 드러난, 도배하지 않은 방 같은 분위기였다. 조사실 책상에 앉자마자 덩치 큰 수사관은 엄포를 주기 시작했다. 다른 피의자들은 허리띠를 풀게 하고 조사받았다, 과거에 누구는 이 조사실에서 조사받다 오줌을 쌌다, 벌벌 떨며 엉엉 우는 공무원도 있었다며 잔뜩 겁을 주었다.

"김창범 씨는 지금부터 참고인 신분으로 조사를 받는 것입니다. 거짓 없이 사실대로 말하셔야 합니다, 이미 자료는 확보해 놓았으니 알아서 하세요."라고 한다. 조사 내용에 따라 피의자로 전환될 수도 있다는 말도 덧붙였다. 조사가 시작되었다. 공사 계약과 관련한 조사가 강도 높게 진행되었다. 업자와의 불편한 거래 연관성이 있었는지 추궁당했다. 몇몇 공사에 대해서는 상관의 특별한 지시가 있었는지도 꼬치꼬치 따져 물었다. 영화에서 나오는 장면처럼 화장실에 갈 때도 수사관이 동행했다. 복도에서 잘 아는 건설공사 사장이 포승줄에 묶어 가는 모습도 보였다. 겁이 났다. 그렇게 하룻밤을 검찰청 조사실에서 보냈다. 너무 길고 두렵고 지루했다. 식사 때가 되니 드라마 장면처럼 설렁탕이 나왔다. 깍두기도 있다. 순간 그 상황에서 묘한 웃음이 입가를 스쳐 지나간다. 조사를 받으며 꼬박 밤을 새웠다.

이튿날 아침, 수사관이 진술조서를 내밀며 읽어 보고 지장을 찍으라 한다. 내용이 틀리면 이야기하라 한다. 컴퓨터 활자가 눈에 들어올 리 없다. 그냥 빨리 나가고만 싶었다. 수사관이 하라는 대로 이름 옆에 지장을 찍었다. 진술조서를 접어서 간인도 찍었다. 지장이 찍힌 진술조서를 들고 나를 담당 검사 앞으로 안내한다. 베이지색 양복에 넥타이를 맨 곱슬머리의 Y 검사, 지금도 그 모습과 명패의 이름이 눈에 선명하다. 조서는 읽지도 않고 책상 위에 툭 던지듯 올려놓는다. 내 눈을 똑바로 보며 말한다. "검사 생활하며 공사업자가 공무원 두둔하며 착하고 성실한 사람이라고 말하는 건 처음 들어 봅니다. 김창범 씨, 나름 성실하게 잘 살았더군요. 이미 주위 사람들을 만나 가정생활과 조직에서의 평가와 업무 태도 등에 대해 조사를 다 해서 알고 있습니다."라고 이야기한다. 잠시 침묵이 흘렀다. 검사가 왼손을 들어 손목시계를 쳐다본다. "12시가 넘었네." 하더니, 곧 이렇게 말했다.

"앞으로도 성실하게 공무 수행 잘하세요. 수고 많았습니다. 이 시간부로 김창범 씨를 석방합니다."

나도 모르게 90도 절하듯 인사한다, 다리에 힘이 풀리고 금방이라도 쓰러질 것만 같았다. 검찰청사를 나오니 토요일이어서인지 주차장은 한산하고 몇 대의 차량만 보인다. 말로 표현하기 어려운 복잡한 감정이 몰려왔다.

공직생활에 최대 위기의 시기였다. 그 일로 인해 징계위원회에 회부되어, 경징계 처분을 받았다. 직원들이 다 나만 쳐다보는 것 같아 창피해서 견딜 수가 없었다. 일이 손에 잡히지 않았다. 창밖을 넋 놓고 쳐다보는 습관도 생겼다. 출근하는 게 싫고 두려웠다. 휴가나 갔다 올까, 아니면 휴직을 해 버릴까. 며칠을 고민하다가 인사업무를 총괄하는 총무과장을 찾아갔다. 2층 총무과로 가는 복도와 계단이 쾌나 멀게 느껴졌다. 출입문을 잡은 손이 가볍게 떨린다. 문을 열고 창가 옆에 있는 총무과장 책상 앞으로 갔다. 총무과 직원들이 나만 처다보는 것 같다.

"과장님, 저 어려운 말씀 좀 드리러 왔습니다. 외곽에 있는 사업소로 보내 주세요. 마음도 가라앉히고, 여유를 찾을 수 있도록 도와주십시오."

며칠 후, 수도사업소 관리계장으로 발령이 났다. 수도사업소는 시내를 벗어난 광교산 자락에 있다. 바로 옆에는 넓은 광교저수지가 있다. 산과 호수, 그 자체만으로도 가슴에 꽉 막혀 있던 뭔가가 쑥 내려가는 느낌이었다. 하루 업무의 시작은 저수지 주변 순찰로 시작되었다. 이곳은 상수원 보호 구역으로, 낚시와 수영 등이 금지된 곳이다. 가끔 불상사가 발생하는 곳이기도 해서 곳곳에 인명 구호 장비도 설치해 놨다. 순찰이란 명목으로 저수지 수변 산길을 걷고 또 걸었다. 돌부리도 거세게 걷어차 본다. 한동안 멍하니 저수지를 바라보기도 한다. 깊은 한숨도 나온다. 2km 정도의 산책로와 수변 길을, 눈이 오면 눈을 맞고, 비가 오면 비를 맞고, 그렇게 하루도 빠짐없이 순찰했다. 공공근로자들과 함께 저수지 주변에 산책로도 만들었다. 나무 성장에 방해가 되는 잡목들도 솎아 냈다. 산속에 방치되어 있던 오래된 폐기시설물도 철거했다. 삽질과 톱질 그리고 함마질도 했다. 내 몸을 가만히 두지 않았다. 주어진 일도 일이지만, 속상함을 달래고 잊기 위해 시간과 싸우다시피 살았다.

언젠가 후배가 했던 말이 생각났다.

"형님, 너무 잘나가는 거 아니에요? 너무 곧게 잘나가면 부러질 수도 있으니 가끔은 휘는 것도 필요해요."

난 그때까지 동기들보다 승진도 빨랐고, 경리계장, 총무계장, 홍보기획계장, 계약관리계약 등 요직이라고 하는 부서를 거쳐 갔다. 돌아보니 조직에 물들고 관행에 거만해 있었는지도. 그래서 잠시 쉬어 가라고 나의 시간을 잠시 꺾었는지도 모르겠다는 생각이 들었다. 조직을 떠나든지, 살아남으려면 새로운 각오와 변화된 시선과 행동이 필요했다.

상수도 업무와 관련한 벤치마킹도 많이 다녀 조직에 반영했다. 조직 내 단합을 위한 프로그램도 다양하게 구상했다. 정수장 내에 풀도 뽑고, 저수지 개방에 따른 산책로도 만들었다. 시민들이 많이 찾는 수변도로 주변에 나무도 솎아 냈다. 현장 업무 담당 직원처럼 일했다. 기회가 주어져 대학원 박사 과정에 입학하여 학문에도 몰입했다.

'승진은 이제 나하고 상관없는 일인가 보다' 하며 잊고 업무에만 몰두하며 지냈다. 세월이 지나고, 동료들보다는 조금 늦었지만 나에게도 과장, 국장의 승진 기회가 찾아왔다. 지방행정의 꽃이라고 할 수 있는 구청장으로 승진도 했다. 사표 낼까 포기하고 싶었던 순간을 참고 견뎌 낸 보상인 것 같아 가슴이 벅찼다.

2018년, 정년 2년을 앞두고 명예퇴직을 했다. 지금은 대학교에서 학생들을 가르치고 있다. 가끔 강의 시간에 지나간 이야기를 학생들에게 들려주며 자신을 되돌아보곤 한다. 기업체, 공무원, 공공기관, 학생 등을 대상으로 강의 활동도 하며 진솔하게 삶의 경험도 전달하고 있다. 요즘은 돌 지난 귀엽고 어여쁜 손녀딸과 노는 재미에 푹 빠져 있다.

"고난이 있을 때마다 그것이 참된 인간이 되어 가는 과정임을 기억해야 한다."라고 독일의 문호 괴테가 말했다. 어느 한순간 관행이란 이름으로 현실에 충실하지 못했던 인생의 한 페이지를 기억한다. 인생에서 그 순간을 빼놓고 싶었다. 처절하게 대가도 치렀다. 어떻게 살아가야 할지에 대한 교훈을 훈장처럼 받았다. 지금은 인생 2막에 더 몰입하고 있다.

나한테 이런 일이 왜?

문숙정

키 크고 뼈대가 큰 아버지를 닮아서 어려서부터 발목 한번 다친 적 없었다. 골다공중 이야기 나올 때도 내 일은 아니다 했었다. 다른 사람들이 허리, 무릎이 아프다 해도 그건 나와 다른 세계 일이라고 여기며 살았었다. 그런데 나이가 들면서 허벅지 쪽으로 가끔 독특한 통증이 생겼다. 괜찮겠지 하며 하루하루 보냈었다. 가끔 생기던 통증이 거의 매일 찾아오는데도 병원을 예약했다가 바빠서 취소하는 일이 반복되었다. '이 정도 통증은 괜찮을 거야' 하며 스스로 위로하는 날이 많아졌다. 참기 힘들면 일하는 곳에서 가까운 한의원에서 침을 맞으면서 견디는 날이 많아졌다. 처음엔 허벅지에 있던 통증이 점점 아래로 내려가더니 종아리까지 통증이 내려갔다. 2021년 봄에 도저히 참을 수가 없어서 병원에 가서 MRI부터 이것저것 검사를 했었다.

이런… 디스크가 2번부터 5번까지 다 말썽이란다. 왜? 왜? 왜? 선생님 제가 왜요? 저희 집안에 디스크 환자는 아무도 없어요. 이거 조금 이상한 것 같은데요? 진료실에서 억지를 부리는 나를 한심한 듯이 바라보면서 의사 선생님이 직업이 뭐냐고 물어보셨다. 저는 입시 학원을 25년 정도 운영하면서 프리랜서 강사로 학교와 기업을 다니며 강의하는 일을 한다고 답을 했다. 오래 앉아 있거나 오래 서 있으면 디스크가 힘들어한다는 이야기를 듣고 다음 예약을 하고 돌아왔다. 곰곰이 생각해 보니 집에서 사용하는 세탁기도 일주일에 1~2회 사용해도 10년을 사용하기 힘든데, 25년을 한결같이 몸 아까운 줄 모르고 막 사용했었다. 고장이 날 때도 되었던 것이다. 물리 치료도 받고 스테로이드제 주사도 맞으면서 일을 했다. 처음 신경 차단술을 하러 가는 날 병원과 백화점은 예쁘게 하고 가야 한다는 말이 생각났다. 눈에 반짝이 펄도 바르고 예쁘지만, 시술 시 허리를 드러낼 수 있는 옷으로 신경 써서 입고 갔다. 혼자 시술실 들어가는 것이 무서워서 반려 인형인 몰랑이도 챙겼다. 신경 차단술이란 것은 MRI 사진을 보면서 허리에 주사액을 주입하여 신경을 차단해서 통증을 없애 주는 것으로, 많은 사람이 가장 쉽게 하는 시술이라고 했다. 가벼운 마음으로 한 손엔 반려 인형인 몰랑이를 품고 들어가서 엎드려 누웠다. 별걱정은 없었다. 그런데 이렇게 아플 수가! 아픈 다리가 떨어져 나가는 것 같았다. 엎드려 울면서 그만한다고 소리 지르고, 평소에 참을성 좋아서 웬만한 주사나 피부과 시술은 마쳐도 안 하는 편이었다. 죽을 것 같은 통증에 의지할 곳이 몰랑

이밖에 없었다. 선생님은 참고 움직이지 말라면서 계속 시술을 진행했고, 그러다 회복실로 옮겨졌다. 한참 후 선생님이 오더니 디스크가 심해서 수술해야 하는데 차단술로 통증을 없애려니 시술 통증이 심한 거라고 했다. 회복실에서 한 시간쯤 쉬다가, 속으로 돌팔이라고 욕하면서 엘리베이터를 탔다. 거울을 보니 예뻐 보이라고 바르고 온 반짝이 눈화장이 번져 온 얼굴에 반짝이로 엉망이었다. 병원에서 나올 때까지 사람들이 다 쳐다보고, 최악의 하루였다.

그 후에도 신경 차단술을 여러 번 받았지만, 처음만큼 시술 통증이 심하지는 않았다. 그러고도 매일 학원 일을 하고 학교로 강의를 다녔다. 어느 날 같이 일하는 강사가 "언니 걷는 게 왜 그래요?" 하더니 장애가 있느냐고 물어왔다. 통증을 줄이려고 허리에 복대를 하고 천천히 걸어다녔는데도 그렇게 보였나 보다. 학원이 3층인데 엘리베이터가 없었다. 통증이 덜하게 움직이다 보니 걸음걸이가 틀어질 수밖에 없었을 것이다. 이제는 안 되겠다 싶어 수술을 결심했는데, 부모님이 반대하고 나섰다. 허리 수술 하면 안 된다고, 불구된다고 너무 강력하게 반대해서 이러지도 저러지도 못하는 상황이 되었다, 서울 큰 병원에 가서 진료하라고 매일 전화했다. 약속된 일이 많아 걸을 때마다 칼로 찔러 밑으로 끌어내리는 듯한 통증을 참고 계속 일을 할 수밖에 없었다. 또 그렇게 시간을 보내고 있었다. 전혀 인지를 못하고 있었는데, 치료를 해 주시는 물리치료실 실장님이 왼쪽 다리가 마비가 시작된 것 같다고 빨리 수술해야 한다고 하셨다. 부모님이 반대하고 서울에 가라고 하시는데 어떻게 해야 할지 모르겠다고 하니 최대한 서울로 빨리 갈 수 있도록 도와주었다. 신기하게도 병원끼리는 협약이 되어 있는지 서울의 병원에서 진료가 가능해졌다. 허리 수술 명의라고 하시는 선생님이 있는 병원에 가서 다리에 마비가 시작되었다고 이야기를 했는데도 환자가 많아 6개월 후에나 수술이 가능하다고 했다. 6개월 후에는 수술해도 마비가 안 풀리고 신경 손상이 커서 장애로 남을 수 있다는 이야기를 듣고 울산으로 내려오면서 결심했다. 부모님의 반대도, 신경 써야 하는 학원도 다 필요 없다는 생각에 '바로 수술해야지…' 하고. 그런데 12월 말까지 잡혀 있는 학교 강의 일정이 결국 아픈 발목을 잡았다. 점점 더 진행되는 마비를 눈으로 보면서 일을 했었다.

12월 말에 잡혀 있던 강의는 한 대표님께 말씀드려 다른 강사로 대체하고 울산 중앙 병원에서 수술하기로 했다. 수술한 곳에서 마무리 치료까지 하는 것이 더 좋을 것 같았다. 부모님한테는 입원 후 통보하듯이 이야기하고 코로나19로 인해 면회도 안 되는 시기라서 수술할 때만 보호자와 함께했다. 보호자로 들어오면 3주 동안 병원에서 나가지도 못한다고 하니 간병인을 신청하고 가족들은 편안히 집에 있으라고 했다.

마취에서 깨어났을 때 수술 전까지 조금 움직일 때마다 골반부터 발목까지 미친 듯이 따라다니던 통증이 하나도 없어졌다. 다리 마비가 풀렸는지는 궁금하지도 않고, 통증이 없다는 것만으로도 너무 행복했다. 수술 후 이틀 동안은 바로 누워 있어야 했지만, 다리를 뻗을 수 있었고, 통증은 없었다. 의사 선생님이 수술할 때 절개하니 디스크가 뿅 하고 튀어나오더라며, 진짜 아팠겠다고 하는 말씀에 눈물이 펑펑…. 나의 고통을 알아주는 누군가가 있다는 게 이런 거구나. 입원해 있던 3주 동안 매일 의사 선생님들과 간호사 선생님들이 교대로 왼쪽 발가락만 만지면서 마비가 풀렸는지 확인했다. 내 발가락이 인기 만발이었다.

수술 후 2년이 지난 지금도 왼쪽에 20퍼센트 정도는 마비가 남아 있는 것 같다. 그건 멍청하게 거의 일 년 동안 수술은 안 하겠다고 버티다 신경 손상이 깊어진 탓이다. 수술 전 선생님께서 신경 손상이 올 수 있다고 버티면 안 된다 했다. 다 내 탓이다. 모든 일에는 때가 있다고, 어른들이 하는 말씀이 맞다. 버틴다고 나아지는 것도 아니고 수술도 딱 필요한 시점에서 하면 되는 건데, 이 핑계, 저 핑계로 미루다 결국 손해를 본 건 내 몸이다. 전에는 아픈 사람들을 보면 답답하고 짜증이 날 때도 있었다. 내가 아파 보니 통증을 참고 사는 이들의 마음을 알게 되었다.

내 몸이 아픈 후에야 아픈 이의 마음이 이해된다는 것은 죽은 사람의 마음을 알려면 죽어야 하는 것과 같다. 그동안 참 위선적이고 이기적으로 살아왔다는 것을 깨닫게 되었다. 도와준다며 잔소리나 할 줄 알았지 정말 내가 상대의 상황이나 상태를 이해했을까? 자신이 겪어 보지 못한 인생에 대해 어느 누구도 논할 수 없다는 것을 아픈 후에야 알게 되었다. 지금도 한 번씩 병원을 가면 통증으로 천천히 움직이는 분들이나 노쇠로 병원에 오신 분들을 보면 나의 미래일 수도 있다는 생각을 한다. 아프고 싶어 아픈 사람은 없을 것이다. 인생의 중간에 아팠던 것이 나를 더 성장하게 하는 시련이었다.

겨울 한라산에서 찾은 인내의 힘

손수연

배드민턴을 배우기 시작하면서 동호회 활동에 참여했다. 운동의 재미에 빠져 클럽 활동을 하며 개인적으로도 여러 모임에 더 가입했다. 배드민턴 운동은 A, B, C, D, 신인부로 급수가 나뉘어 있으며, 실력과 급수를 올리기 위해서는 기본에 충실해야 할 뿐만 아니라 노력과 시간 투자도 필요하다. 다양한 스타일의 동호인들과 게임을 많이 해 볼수록 실력이 향상된다. 실력을 높이기 위해 동호회에 자주 나가 운동에 몰두했다. 그때는 운동에 대한 열정이 넘쳤다.

모임에서 제주도 1박 2일 여행을 추진했다. 겨울 한라산 정상에 오른다는 생각에 마냥 즐거웠고, 무작정 동호회 회원들과 함께 제주도로 가는 것에 마음이 설레었다. 여행 떠나는 날까지 설레는 마음이 계속됐다. 평소에도 산을 좋아하고 등반을 자주 했기에, 산을 오를 때 힘들 것이라고는 크게 생각하지 않았다. 운동을 좋아하고, 산도 웬만하면 잘 타는 편이었다. 그렇게 1박 2일의 제주 겨울 산행이 시작됐다. 녹동항에서 제주항까지 배로 약 4시간 30분이 걸린다. 배드민턴 동호인 단체 16명은 제주 겨울 한라산 정상을 오르기 위해 배에 몸을 실었다. 토요일 아침 녹동항에서 출발한 배는 제주항으로 향했고, 배 안에는 즐거움이 가득했다. 돗자리를 깔고 맛있는 음식을 먹으며, 게임도 하고, 푸른 바다를 바라보며 감탄하기도 했다.

제주에 도착한 오후, 우리는 스타렉스 봉고차 두 대로 나눠 타고 펜션으로 향했다. 펜션에 도착해 짐을 풀고, 간단하게 바닷가를 산책했다. 마트에서 저녁 재료를 사 들고 돌아와 삼겹살 파티를 즐겼다. 맛있는 식사로 하루를 마무리하는 순간, 여행의 피로가 싹 풀렸다.

새벽 4시에 기상해서 한라산 등반을 해야 했기 때문에 늦은 시간까지 놀지 못했다. 모두가 일찍 잠자리에 들었고, 다음 날 새벽에 일어나 등반 준비를 했다. 겨울 산행이었기 때문에 옷과 신발 등 모든 준비를 완벽하게 해야 했다. 제주도는 겨울 여행지로 손꼽히며, 특히 한라산 백록담은 '겨울에 한 번쯤 가보고 싶은 곳'으로 꼽힌다. 팀원 중에는 산악인 못지않게 산을 잘 타고, 산에 대한 정보를 많이 알고 있는 회원이 있었다. 덕분에 우리는 더욱 안심하고 산행 대장을 따를 수 있었고, 성판악 코스에서 출발하기로 했다. 성판악 코스는 편도 4시간, 왕복 8시간이 소요되며 개인의 등반 속도에 따라 최대 10시간까지 걸릴 수 있다. 겨울 등반 장비로 아이젠과 등산용 지팡이도 준비해야 했다. 문제는 성판악 주차장에서 시작되었다. 비가 내리기 시작했고, 우리 팀은 등산을 시작해야 할지 포기해야 할지 고민이 많았다. 16명의 팀원 모두 생각이 분주했다.

산악대장인 팀원 리더가 눈, 비가 내려도 산행을 하자고 제안했다. 처음부터 출발에 대한 의견이 분분했지만, 결국 모두가 등반하기로 했다. 조금씩 내리던 비는 등반을 시작한 지 1시간쯤 되자 눈으로 바뀌기 시작했다. 오를수록 눈이 점점 더 쌓였다. 등반을 시작했을 때는 겨울 눈꽃 산행의 매력에 힘든 줄 모르고 계속 올랐다. 하지만 날씨는 점점 더 악화되었다.

즐거움도 잠시, 힘들어지기 시작했다. 아이젠을 착용하고 밟는 눈길과 비바람은 힘든 도전이었다. 비와 눈바람이 더욱 거세지기 시작하면서 힘들다고 호소하는 회원들이 늘어났다. 나 역시 숨이 차고, 헐떡이며 중간 대피소까지 겨우 올랐다. 포기하고 싶지 않았다.

중간 대피소에 먼저 도착한 몇몇 회원들이 힘들게 오르는 회원들을 기다렸다. 백록담 정상까지 오르기는 무리인 것 같았다. 모두가 중간 대피소에서 결정해야 했다. 여기서 그냥 내려가야 할지, 어려운 상황에서도 정상에 올라야 할지, 회원들의 의견을 듣고 결정해야 했다. 나도 중간까지 올랐지만 이미 지쳐 있었다. 모두 힘들게 올라왔기 때문에 정신이 없었다. 다들 다시 내려가겠다고 했다. 특히 여성 회원들은 고민도 없이 내려가겠다고 했다. 남성 회원들 중에서도 중간에 포기하고 내려간다고 하는 사람들이 많았다. 결국 중간 대피소에서 반 이상이 내려갔고, 정상에 오르고자 하는 회원들은 16명 중 겨우 5명뿐이었다. 그중 남자는 세 명, 여자는 나와 언니 한

명뿐이었다. 힘들긴 했지만, 포기하고 싶지 않았다.

나를 포함한 5명은 백록담 정상에 올랐다가 반대 코스로 내려오기로 했다. 산악대장이 함께했다. 산악대장이 포기했다면 아마 우리 모두 그 길로 다시 내려왔을 것이다. 하지만 그는 리더로써 중심을 잡고, 정상에 올라갈 수 있는 길을 앞장서서 안내했다. 힘들긴 했지만 도전하고 싶었다. 우리 5명은 다시 산을 오르기 시작했다. 더 큰 고통은 그때부터 시작되었다. 중간 대피소까지 올랐던 힘듦은 그저 시작에 불과했다. 기상 악화로 인한 눈비가 더 심하게 몰아치기 시작했고, 정상에 오르려면 아직도 멀었다. 오를수록 몸은 꽁꽁 얼기 시작했고, 숨은 턱까지 차올랐다. 남은 5명은 이제 흩어지거나 떨어져서는 안 되었다. 서로를 의지하면서 앞만 보고 계속 걸었다. 겨우 힘들게 버티며 백록담 정상에 도착했다. 죽을 만큼 힘들었고, 사진 찍을 힘도 없었지만, 백록담 정상에 오른 인증 사진도 중요했다. 사진을 찍는 순간, 잠시나마 보상받는 기분이 들었다.

고통 속에서 오른 산이라 아름다운 눈꽃 풍경은 눈에 들어오지 않았다. 백록담 정상에 올라서자 흰 눈으로 덮인 많은 오름이 한눈에 들어왔다. 처음 눈꽃산행은 이렇게 힘들게 시작됐다. 준비 없이 산에 올라서 고난과 고통은 두 배로 컸다. 백록담 정상에서 기쁨도 잠시, 내려가야 할 길은 걱정스러웠다. 겨울 산이라 금방 어두워지기 때문이다. 그 전에 하산해야 했다.

내려오다 중간쯤에서 배고픔을 달래야 했다. 온몸이 얼어붙어서 밥 먹을 힘도 없었다. 눈밭에 앉아 찬밥을 억지로 먹어야 했다. 얼굴 전체가 얼어붙었고, 손발도 얼어서 먹는 것조차 힘들었다. 중간에 내려간다고 할 걸 무슨 똥배짱으로 정상에 올랐나 싶어 후회도 수십 번 했다. 눈이 무릎까지 쌓일 정도로 계속 내리고 있었기 때문에, 한 발 떼기도 힘들었다. 미끄러지고 넘어지기 일쑤였고, 다리를 잠깐이라도 헛디뎠다간 낭떠러지에서 떨어질 정도로 위험했다. 그 추운 날씨에도 지치니 졸음이 쏟아졌다. 잠이 들면 얼어서 죽을 수도 있는 상황이었다. 정신을 차리고 내려가야 했다.

이런 힘든 산행을 할 것이라고는 상상도 못 했다. 하지만 현실이었다. 그 상황에서 빨리 벗어나고 싶었다. 그렇게 8시간 넘는 겨울 산행은 눈물을 머금고 완주할 수 있었다. 뿌듯함은 이루 말할 수 없었다.

호주의 작가 앤드류 매튜스는 이런 말을 남겼다.

"시련은 우리를 강하게 만들고, 인내심을 키우며 잠재력을 깨우칩니다."

인생을 살아가면서 누구나 고난을 만난다. 하지만 그 고난에서 배우는 순간들도 분명히 있다. 한라산 겨울 산행도 그런 경험 중 하나다. 죽을 만큼 힘들었던 산행이 지금은 해냈다는 뿌듯함으로, 인생을 살아가는 데 큰 버팀목이 된다. 한 번쯤 겨울 한라산 등반에 도전해 보라고 이야기하고 싶다.

몸과 마음을 뒤흔든 시련

신윤정

어릴 적 나의 별명은 만화 〈개구리 왕눈이〉에 나오는 왕눈이의 여자친구 '아로미'였다. 팔다리가 유난히 길고 가늘었기 때문이다. 여름에 반바지를 입거나 치마를 입을 때면 새 다리 같다고 놀림을 받은 적도 있다. 타고난 체력이 튼튼하지는 않았던 것 같다. 학교 다닐 때 체육 시간이 재미없었고, 체력장을 할 때가 제일 싫었다. '누가 윗몸일으키기를 몇 개를 했고, 오래 매달리기를 몇 분을 했더 라' 하는 말에 위축되기도 했다. 체력을 키우기 위해 방법을 찾아야 했다.

처음으로 했던 운동은 어머니에게 끌려가서 했던 에어로빅이었 고, 그 후 재즈댄스, 헬스, 사이클, 필라테스에 도전했다. 생각해 보 면 지금보다는 훨씬 활력 있는 삶을 살고 있었던 것 같다. 건강과 체력에 대한 갈망이 있었기에 운동은 나의 일과에 늘 포함되어 있었다.

30대에 독립하면서 한남동으로 이사했고, 강사 활동을 전국으로 넓히게 되었다. 매일 달라지는 스케줄에 규칙적인 생활이 불가능해졌고, 장거리 운전으로 에너지가 방전될 때가 많았다. 그러한 일정 때문에 운동과 거리가 멀어졌고, 체력도 약해지고 있었다. 가장 중요한 건 체중의 변화였다. 팔뚝에 날개가 생기고, 배는 복어처럼 부풀어 올랐다. 버스가 장애물을 만나 덜컹하면 내 뱃살도 함께 덜컹했다. 위장 장애로 내과에 자주 갔고 약도 많이 먹었다. 건강을 위해서라도 다이어트가 시급했다.

수년 만에 내가 살던 건물 지하에 있는 피트니스에 등록했다. 내 의지로는 꾸준한 운동이 불가함을 알기에 개인 PT를 받기로 했다. 비용만 200만 원 이상이 들어가야 했다. 12개월 할부로 결제하면서까지 굳은 의지로 임하게 되었다. 일주일에 3번 정도 받기로 했고, PT 선생님과 식단 노트도 만들고 공유하면서 새로운 시작을 준비했다. 트레이너는 대사 활동이 원활해지는 방향으로 프로그램을 설계해 주었다. 스트레칭, 반신욕, 러닝머신, 천국의 계단이라 불리는 스텝밀 등 기본적인 트레이닝을 위주로 운동을 했다.

오랜만에 시작한 운동이라 피트니스에 나가기까지도 힘들었고, 진전 없는 결과가 조금씩 불만족스럽기 시작했다. 나와 같은 시기에 운동을 시작했던 어느 여성 회원이 있었다. 나보다 나이도 많은 회원이었는데, 얼마 되지 않아 보디빌딩 대회까지 참가한다는 말을 들게 되었다. 어쩌다 수업 시간이 겹칠 때면 그 회원이 운동하는 과정을 곁눈으로 보면서 관찰하기도 했다. 나와는 다르게 머신을 이용한 근력 운동을 코치 받는 모습이 부러웠다. '남의 떡이 더 커 보인다'라는 비유가 적당할 것 같다. 급기야 피트니스 팀장에게 개인 트레이너 변경을 요청했다. 원래 트레이너한테 미안한 마음도 컸지만, 원하는 운동 방식을 경험할 수 있어서 다시 동기 부여가 되었다. 그렇게 개인 PT 몇 회가 지나가고 있을 때쯤 사고가 터진 것이다.

'데드리프트'라는 운동을 하고 있을 때였다. 역기를 들어 올리는 것인데, 무게보다는 자세로 운동의 효과를 볼 수 있는 동작이다. 그런데 그날따라 트레이너가 무리하게 무게를 계속 올리며 하드 트레이닝을 시켰다. 나의 체력을 과대평가한 것이다. 힘들다고 말했지만, 엄살이라고 생각했었나 보다. 무게를 감당하려다 바닥에 쓰러지게 되었고, 잠시 일어날 수가 없었다. 허리 근육이 구겨진 듯한 느낌과 통증이 있었지만 병원에 갈 정도는 아니라고 생각했다. 그렇게 운동을 마친 후, 사우나에 가서 뜨거운 물에 찜질하고 조금은 가벼워진 느낌으로 집에 돌아왔다. 그러나 진짜 문제는 다음날 일정이었다. 2박 3일로 잡힌 일본 출장이 있었다. 비행기 티켓도 예매되어 있었고, 무엇보다 내가 변경할 수 있는 일정이 아니었다. 몸이 다친 상태에서 해외 일정을 강행해야 하는 것이 걱정되었으나 선택의 여지가 없었다. 결국 비행기를 탔다. 첫날은 그나마 견딜 만했는데 시간이 지날수록 통증이 심해졌다. 앉았다 일어나는 것조차 힘겨워지면서 덜컥 겁이 나고 눈물이 나기 시작했다. 아파서 울어 본 일이 얼마 만인지. 최대한 허리를 구부리지 않고 괜찮다고 마인드 컨트롤하며 무사히 돌아왔지만, 치료를 받는 게 시급했다. 다음날 병원을 찾아 이것저것 검사를 해 보고 나서야 척추에 문제가 생겼음을 알 수 있었다. 나는 큰 분노를 느꼈다. 생에 처음으로 거금을 들여 개인 PT까지 결심했을 땐 건강을 위함이 아니었던가? 그런데 오히려 최악의 상태를 만들어 버린 그 트레이너와 이 모든 상황에 계속 화가 치밀어 올랐다. 병원을 다니며 도수 치료, 물리 치료, 주사와 약물 치료까지 병행해야 했다. 매번 많은 사람의 진료 순서를 기다리는 것도 지치게 하는 일이었다.

　PT 횟수를 반도 못 채운 상황에서 모든 것이 수포로 돌아갔고, 남은 과제가 더 스트레스를 받게 했다. PT 비용과 병원비 등 복잡한 사고 처리가 남아 있었기 때문이다. 일에도 지장을 주었을 뿐더러 8개월이라는 긴 여정이 삶의 의욕을 빼앗아 갔다. 피트니스에 상담을 여러 번 요청했으나 대표가 바쁜 일정으로 국내에 없다며 보상을 미루기만 했다. 병원비는 보험 처리를 했고, PT 비용은 남은 횟수만큼만 겨우 돌려받으며 끝이 나 버렸다.

　그 사건으로 인해 몸은 더 나빠졌고 정신적인 피해도 만만치 않았는데, 허무하게 마무리가 된 것이다. 결국 사고의 잔해는 나의 몸이 고스란히 감당해 내야만 했다. 가장 화났던 부분은 트레이너의 뻔뻔한 태도였다. 개인 코칭을 받고 있었고 혼자 운동하다가 발생한 사고가 아니었는데도 본인의 잘못을 인정하지 않았다. 이후 문제 해

결을 위해 피트니스에 여러 번 방문했을 때 나를 피해만 다니는 처세에 배신감마저 들었다. 저런 사람에게 나의 건강을 맡겼었다니. 후회는 반복되었고, 정신 건강에도 빨간 불이 들어오고 있었다.

1년 동안 경험한 시련은 개인 맞춤형 지도의 중요성을 깨닫게 했다. 몸 상태와 목표에 맞는 프로그램을 설계하는 것이 최적의 결과를 끌어내는 열쇠였다. 새삼스레 처음에 배정받았던 트레이너한테 미안한 마음도 들었다. 운동에 대한 지식이 부족했던 채로 눈에 보이는 결과만을 욕심내었던 나를 돌아보게 되었다. 또 한 가지! 원망과 남 탓은 문제 해결에 아무런 도움을 주지 않았다. 끊임없이 맴도는 부정적인 감정은 자신의 성장을 막는 장애물이 되었다.

우리는 내일을 모르는 오늘을 살아가고 있다. 언제 어떠한 일로 고난과 역경의 시간을 마주하게 될지 모른다. 오히려 내가 열의를 가지고 도전하는 일이 예기치 않은 시련을 가져오고 멈춤을 만들 수도 있다. 그 당시 나는 건강한 몸과 마음을 만드는 것에 실패했다.

그러나 그 과정에서 얻은 교훈은 내게 보물로 남았다. 어려운 시기는 자기를 탐색하고 발견할 수 있는 시간이 된다. 또 그 안에서 감사할 점에 집중하기도 하고, 성장하기도 한다.

누가 내 말 믿을까

이귀희

누구에게나 자기 그릇만큼 어려움은 있다. 감당할 만큼의 어려움을 이겨 내고 단단해져서 자신만의 길을 내면서 삶을 살아간다. 그중에 오해를 받는 것은 참기 어려운 고통이다. 나의 스승은 '오해'라는 단어의 의미를 이렇게 말했다. "오해는 오히려 해가 된다. 오해는 사람의 뼈가 썩어 녹아내리는 감정이다."라고. 이 말씀을 어느 순간 느끼게 되었다. 세상에 억울함을 풀지 못해 죽음으로 결백을 대신하는 사람들이 생각이 났다.

40대 접어들면서 일을 해야겠다는 생각을 하게 되었다. 몸이 약한 나는 결혼과 함께 출산으로 아이들을 돌보면서 직장 생활은 하지 않았다. 남편도 그러하기를 원했다. 경제 상황이 달라지면서 혼자 벌어서 가정 경제를 이끌어 가기에는 버거워 보여서 할 수 있는 일을 알아보았다.

여기저기 이력서도 넣고, 경력 단절 여성을 도와주는 프로그램도 참여하면서 다양한 교육을 받게 되었다. 큰 걱정은 10년 동안의 공백이 있던 만큼 두려움이 앞섰다. 그러던 중 대기업의 공시 공고가 났다. 정직원 단 한 명을 뽑는다고 했다. 지원자 수는 생각보다 많았다. 어린 사람부터 나이 많은 사람들까지 와서 내가 괜히 왔나 싶었다. 항상 웃으면서 인사하고 미소 잃지 않는 걸 다짐하면서 면접을 봤다. 4명씩 들어가서 4명 면접관의 질문에 답변했다. 내가 될 가능성은 없어 보였기에 편하게 보기로 했다. 면접을 보고 건강 검진을 하라고 하니 참 당황스러웠다. 합격은 단 한 사람인데 건강 검진은 자비로 해야만 했다. 까다롭다고 생각하면서 며칠을 기다렸다. 잊고 있었는데, 어느 날 모르는 번호로 전화가 걸려 왔다.

"이귀희 님, 합격입니다."

너무 뜻밖의 합격 소식에 깜짝 놀랐다. 나의 경력 단절은 끝이 났다.

나중에 알게 된 사실이지만, 신기한 사연이 있다. 어떤 일을 결정할 때 꼭 기도를 한다. 집을 이사할 때 여러 가지 기도를 했는데 다 들어주셨던 사연이 있다. 이번에도 새벽 기도를 하면서 일은 별로 안 힘들고, 집에서 가깝고, 아이 올 때 퇴근하고, 야근이 없는 곳에 직정을 얻게 해 달라고 기도했는데 다 맞았다. 기도한 다음 날부터 공고가 나오게 되었다는 것도 신기했다.

1년이 지나고 직장 상사가 바뀌면서 달라지기 시작했다. 상사는 업무 파악을 빨리하기 위해 중간 지도자와 많은 대화를 하게 되면서 친해지게 되었다. 그러다 보니 중간 지도자의 말을 무조건 듣고 그 사람의 하자는 대로 많은 일 처리를 하게 되었다. 중간 지도자는 욕심이 아주 많은 분으로, 나이는 나보다 어린 여자분이다. 이런 상황 때문에 회사 내에서는 다양한 말들이 오고 갔다. 새로 온 상사와 중간 지도자의 험담 이야기가 가장 많았다. 하지만 상사에게 누구나 잘 보이고 싶은 마음은 똑같으니 상사 앞에서는 웃으며 비유를 맞추는 사람뿐이었다. 그때는 김영란법도 없어서 각종 뇌물과 몸에 좋은 여러 가지가 음식들이 상사 개인 방에 가득히 쌓여 갔다. 말들이 꼬리에 꼬리를 물고 이상한 소문만 커져 갔다.

결국 '사무실에서 상사와 중간 지도자가 다 해 먹는다.', '중간 지도자가 일도 못 하게 상사를 데리고 논다.', '일은 안 하고 매일 맛있는 거 먹으러 다닌다.' 등등 이상한 소문이 돌았다, 그래도 중간 지도자는 승진을 하였고, 그분과 친한 동료들도 줄줄이 승진을 하게 되었다. 시기 질투의 말과 좋지 않는 말들, 각종 비리 이야기들이 돌아다니다가 그 상사와 중간 지도자에게까지 들어가게 되었다. 누가 최초 근원지인지, 한 사람씩 만나서 확인까지 하게 되었다. 그러나 많은 말들이 모두 이귀희가 지어냈다고 나를 지목하게 되었다. 나는 아니라고 했지만 나와 친한 어떤 분이 신고했다고 했다. 나도 들은 이야기인데… 모두 같이 있는 자리에서 이야기를 했지만 내가 이끌면서 이야기하지 않았는데… 사무실에서 모두 내게 등을 돌렸고

은따, 왕따를 당하면서 은근히 다른 부서로 옮길 것을 요구했고, 퇴사를 요구하기도 했다. 내가 죽으면 나의 결백을 알아줄까 하는 생각이 스쳤다. 뒤에서 내 욕을 하는 사람들의 말을 듣고 말을 전달해 주는 사람도 있었다. 너무 괴롭고 가장 힘겨운 시간이었다. 묵묵히 버티면서 일을 했다. 나의 미소는 사라졌고, 고개를 숙이면서 다녔다. 평소 다른 사람 말에 휘둘리지 않는 직원이 말했다. 안 그렇게 봤는데 왜 그런 말을 했냐고 물었다. 중간 지도자의 말을 들었는데 믿어지지 않아 내게 확인하러 왔다고 했다. 나는 울면서 억울하다고 이야기했다. 믿어 주니 다행이었지만 나에 대한 변호는 하지 않았다. 그래도 다행히 믿어 주는 단 한 사람이었다. 1년 반을 그리 보냈다. 지옥 같은 삶을 살았다.

그만두고 싶었다. 하지만 그만두면 지는 것이고, 나는 그렇게 낙인찍히고 싶지 않았다. 오직 매일 새벽 울면서 교회에서 기도했다. 신앙의 힘으로 버틴 세월이었다. 사람에 관한 믿음과 기대가 깨졌고, 사람들이 싫었다.

그저 묵묵히 일만 했다. '하나님, 오해를 풀어 주세요. 공의의 하나님, 의인의 하나님, 힘을 주세요.' 새벽마다 울었던 기억뿐이다. 1년 6개월쯤 되었을 때 내가 승진하면서 좋은 변화의 바람이 불었다. 상사는 다른 곳으로 발령이 나면서 그곳에서 힘든 일을 많이 겪었다고 전해 들었다. 중간 지도자는 갑자기 할머니와 어머니가 한 달 사이에 돌아가시고 가장 친한 친구를 잃어버리는 등의 이상한 일들이 일어났다. 결국 중간 지도자의 진심 어린 사과의 편지로 모든 오해는 풀리게 되었다. 기도하면서 아무도 오해하지 않고 미워하지 않게 해 달라고 기도했다. 불편한 마음을 풀어 버리고자 했던 기도였다. 3달 후에 미련도 없이 퇴사했다. 선한 끝도, 악한 끝도 언젠가는 드러난다. 세상을 살면서 나쁘게 굴고, 사람에게 상처를 주면 그보다 더 큰 상처를 본인이 받는다. 선한 힘은 나중에 복이 되어 내게 다 돌아온다. 그분들은 나중에 마주쳐도 내 얼굴을 잘 못 보고 고개를 돌렸다.

어려움을 통해 '오해는 오히려 해가 되고 뼈가 썩는 고통이다'라는 것을 느끼면서 한쪽 말만 듣고 판단하지 말고 양쪽 말을 들어보고 판단해야겠구나, 하고 생각하게 되었다. 그리고 어떤 말을 누구에게 들었든지간에 확인을 해야 한다. 정말 그렇게 말을 했는지. 그러면 오해는 없다. 첫술에 배부르지 않듯이, 사람은 처음 보고 알지 못한다. 겪어 봐야 알고, 장점만 봐야 오래갈 수 있다. 그리고 큰 시련 뒤에는 축복이 온다. 남의 아픔에 함부로 말을 하지 않게 된다. 훈수를 두는 것이 더 힘들게 할 수도 있다. '얼마나 힘들었니?' 하고 손을 잡아 주면 된다는 것을 알게 되었다. 손에는 따뜻한 심장이 있어서 손만 잡아 줘도 따뜻함이 전해진다. 세상엔 나쁜 사람도 좋은 사람도 없다. 나와 맞는 사람과 나와 맞지 않는 사람이 존재할 뿐이다.

스스로 선택하고 해석한 고난

이지선

"남편이랑 심하게 싸운 적이 없는데"라고 누군가에게 했던 이야기다. 이 말을 더 이상 할 수 없는 날이 오게 되었다.

둘째 아이를 낳고 한 달 되었을 무렵이었다. 드라마에서 보았던 부부 싸움 장면이 우리 집에서 연출될 줄이야. 이름이 문제였다. 친정 엄마는 스님에게 사주팔자에 맞는 이름을 부탁했고, 남편은 그 부분을 맘에 들어 하지 않았다. "왜 우리 아이 이름을 우리가 정하지 않는 거야?"라고 남편이 불만을 이야기했다.

평소에 왕래하던 스님이었기에 괜찮을 줄 알았는데 적잖이 당황했다. 팽팽한 기 싸움은 계속되었고, 결국 주워 담을 수 없는 말과 행동으로 서로의 가슴에 상처를 남기고 말았다. 이혼 도장을 찍을 위기까지 가기도 했다.

평화가 깨지는 일이 또 생기고 말았다. 살던 집이 좁아서 이사하기로 했다. 집을 옮기는 과정에서 결국 갈등이 생겼다. 부동산 가격이 폭등하면서 원하는 예산으로 집을 구하기 어려웠다. 남편은 조금이라도 아끼기 위해 동네 부동산 20여 곳을 다니며 발품을 팔았다. 남편이 생각하는 예산으로는 원하는 평수에 가기가 어려웠다.

집을 빼 줘야 하는 날짜는 점점 다가왔다. 집 문제를 더는 생각하고 싶지 않았다. "돈을 적게 쓰고 좋은 집을 구하면 좋겠지만 지금 현실적으로는 불가능하잖아. 우선 이번엔 대출을 조금 더 받자."라고 의견을 내 보았다.

돌아오는 대답은 거절이었다.

"됐어. 내가 알아서 할 테니 기다려."

이견을 좁히고자 시작한 대화는 해결책 대신 상처만 남겼다. 부부 싸움을 하면 대화를 많이 하라고 들었다. 현실에서는 대화하면 할수록 싸움만 커졌다.

대화의 교집합이 전혀 없었다. 다시 일을 시작할 무렵 둘째가 생겨 버린 탓에 경제 활동을 할 수 없었다. '집에서 일한다고 나를 이렇게 무시하는 거지?', '밖에 나가서 돈을 많이 벌어 오면 나한테 이렇게 대할까?'라는 생각이 자꾸 들었다. 남편이 하는 말은 나를 무시해서 그러는 걸로 생각했다. 남편보다 돈을 많이 벌어 코를 납작하게 만들고 싶다는 복수심마저 들었다.

부부 싸움 후에 했던 미안하다는 말은 형식적이었다. 당장 이혼

할 배짱은 없으니 살기 위한 생존 사과였다. 두 아이를 정신없이 키우며 살림하느라 나 자신을 돌볼 여력이 없었다. 남편 역시 집에 돌아오면 녹초가 되어 나에게 내어 줄 마음의 여유가 없었다.

그렇게 우리는 서로에게 진솔한 대화를 나눌 수 있는 시간이 없었다. 서운함과 미움은 마음에 겹겹이 쌓여만 갔다. 서운한 마음이 해소되지 않으니 작은 행동과 사소한 말에도 날이 서 있었다. 퇴근하고 돌아온 남편에게 인사도 건네지 않고 밥상만 차려 놓고 자리를 피했다. 일주일이 넘게 서로 이야기하지 않고 지내자, 아이들도 눈치를 본다. 밥을 먹는 자리에서도 대화는 사라졌다. 아파트 잔금 문제로 말싸움을 벌이고 서운한 감정이 남아 있기 때문이다. 남편도 자리가 불편한지 숟가락을 놓아 버린다. 남편은 외투를 입고 말도 없이 나가 버렸다. 잦은 싸움에 마음도 몸도 지쳐만 갔다. 욱하는 날도 많아 참지 못하고 아이들 앞에서 부부 싸움을 하는 부끄러운 모습을 자주 보여 주게 되었다. 너무 힘든 나머지 탈출구를 찾고 싶어 남편에게 말했다.

"부부 상담 받아 보는 거 어때?"라고 제안했지만, 남편이 거절했다. 노력도 안 하겠다는 이야기로 들렸고, 같이 살기 싫다는 의미로 해석이 되었다. 결국 더 큰 상처로 남았고 혼자 상담을 받았다. 부부 상담이기 때문에 반쪽짜리 처방전 같았다. 끝까지 목적지에 다다르지 못하고 포기하고 말았다.

그러던 중 남편과 이혼하고 홀로서기를 한 친구에게 전화가 왔다.

일주일 후에 집 근처 카페에서 만나기로 했다. 약속 날짜가 되었다. 쇼핑몰에 있는 카페라 사람이 많았다. 구석 자리 한쪽에 겨우 자리를 잡고 앉았다. 잠시 후, 따뜻한 아메리카노가 나왔다. 서로 근황을 이야기하다가 『스님의 주례사』라는 책을 건네받았다.

"서점에 가서 이 책을 보니 네가 생각이 나더라. 시간 될 때 한번 읽어 봐."

집에 돌아와 책꽂이에 한동안 꽂아 두었다. 며칠 있다가 남편과 아이 학원 문제로 다투게 되었다. 속상한 마음에 작은 방으로 들어왔다. 그때 친구에게 받았던 책이 눈에 들어왔다. 나도 모르게 책을 꺼내 읽기 시작했다. 책을 한 장씩 보다가 단숨에 읽어 내려갔다. 책 문구 중 가슴을 확 내리꽂은 문장이 있었다. '행복은 남편이 만드는 게 아니라 바로 내가 만드는 거예요.' 내가 행복하지 못한 것은 상대 때문이 아니라, 갈등 상황에 부딪혔을 때 그것을 어떻게 받아들일 것인지, 부정적으로 대응하는 나의 문제였다.

강의하면서 '소통'을 주제로 할 때 내가 꼭 했던 질문이 있다. "사람의 성격은 바꿀 수 있을까요? 정답은 바꿀 수 없습니다. 서로의 다름을 이해해 주세요."라고 이야기하고 다녔는데, 정작 내 병은 내가 고치지 못했다. 스스로 나를 바라보니 너무나 부끄러웠다.

상대가 바뀌는 것을 기다리는 것보다 내가 먼저 바뀌는 게 더 빠르다는 것을 왜 알지 못했을까? 모든 것은 나로부터 비롯된다. 그동안 갈등 상황이 있을 때마다 내가 이런 비참한 감정을 느끼게 한 것, 나를 상처받게 한 것은 다 남편 때문이라고 생각했다. 하지만 그 감정을 느끼고 해석한 것은 오롯이 나의 선택이었다. 남편이 나와 다른 선택을 하고, 다른 생각을 하고, 다른 말을 할 때 '어떻게 그럴 수 있지?'가 아니라 '아, 그렇게 생각할 수 있구나.'로 마음을 바꾸기로 했다. 내가 먼저 마음을 열고 부끄럽지만, 용기 내어 말해 보기로 했다.

"우리 가족을 위해서 회사에서 열심히 일해 주어 고마워. 당신 덕분에 내가 하고 싶은 일을 하며 아이들을 키울 수 있게 되었어. 정말 고마워."

살다 보니 화가 나는 순간들이 꼭 있었다. 그럴 때마다 상대방 탓을 하고는 했었다. 하지만 나에게는 어떤 문제가 없을까 생각하고 나서부터는 마음을 많이 다잡을 수 있었다. 결국은 내 마음이 문제였다. 이제부터는 화살을 남에게 돌리는 것보다 나를 먼저 들여다보려고 한다.

시련은 무엇인가?

황은정

어린 시절의 나는 철부지였다. 엄마가 밥 먹으라 하면 몇 번은 불러야 나가곤 했다. 지금은 아침잠이 없는데, 그땐 왜 그랬을까? 아침에 그렇게 깨우는 게 싫어서 화도 많이 냈다. 그때를 생각하면 엄마한테 미안하다. 지금은 어떤가?

내 생애 가장 힘든 시련은 언제였을까? 몇 번의 고비들이 있었지만, 특히 힘들었던 상황은 경제적인 어려움을 겪었을 때였던 것 같다. 하지만 한 번이 아니었다. 지금 생각해 보면 어떻게 버텼나 싶기도 하다.

첫 번째 시련은 부모님의 귀농과 지출로 인한 경제적인 어려움이었다. 밑 빠진 독에 물 붓기였다. 이때를 생각하면 참 열심히 살았던 것 같다. 부모님이 2012년도에 귀농을 결정했을 때, 정부 지원으로 낮은 이자 대출을 받았다. 그리고 아주 산골에 집을 짓고 집 앞에 작은 과수원이 있는 땅을 샀다. 이 당시에는 무언가 잘 풀린다고 생각했다. 어떤 이유에서 과수원을 하고 싶었는지는 모르겠다. 생각해 보면 할머니도 친척들도 대부분 과수원을 운영했다. 아마도 아버지는 그 영향으로 관심이 높았던 것 같기도 하다. 사실 귀농을 하기 전에도 완전히 다른 일을 했던 것은 아니다. 시골에서 교회 수련원을 운영하면서 밭농사를 같이 지었다. 오래전부터 관심은 많았던 것 같다. 교회 수련원을 할 때는 논농사, 배 농사, 자두 농사 등등 다양하게 도전을 해 보면서 어떤 작물이 좋겠다고 결정한 것 같다.

우리 가족은 설렘에 부풀어 있었다. 빈집을 빌려 지내면서 아버지가 손수 집을 지었다. 큰이모부와 작은아버지가 조금 도와주고, 대부분은 우리 가족이 완성했다. 나도 짧은 용접 기술로 집 짓는 데 기여했다. 집도 생기고 과수원도 있고, 안정되어 간다고 생각했다. 우리 가족에게 안정이란 너무 욕심이었던 걸까? 과수원을 하면서 놓친 것은 부수적으로 지출되는 것들이었다. 우리는 제대로 농사를 짓고 판매하는 이 과정을 명확하게 겪어 보지 않았다. 과수원의 경우는 기간마다 농약도 쳐야 했다. 농약은 여러 가지 종류가 있다. 벌레를 죽이는 살충제 역할도 있고, 비료 역할을 하는 것도 있다. 봉지도 씌워야 하고, 수확 후에는 포장도 해야 하고, 박스도 필요하다. 생각보다 많은 지출이 요구되는데, 이미 너무 많은 빚이 있는 상황이라 부담이 컸다. 하지만 시골 인심이 무섭다. 박스를 사거나 농약을 사는데 외상이 가능한 곳이 시골이었다. 이게 정말 인심인 걸까? 시간이 지나면 지날수록 빚은 쌓이고, 더 이상 손댈 수 없는 상황까지 오게 되었다. 최대한 집에 지원하려고 노력했는데 왜 더 나아지지 않는 것일까? 사실 그땐 단순히 도와주기만 하면 된다고 생각했다. 그 도움은 빚을 더 불어나게만 할 뿐이었다. 아버지는 계속 농사를 짓고 싶어 했고, 어머니는 해결하기 바빴다. 동생들은 어려운 환경 속에서 부모님을 돕겠다고 나섰지만, 너무 어렸다. 결국 부모님은 나라의 도움을 받게 되었다.

나는 일을 손에서 놓을 수 없었다. 부모님이 귀농하고 중간에 이직을 한 번 했다. 이직할 당시에는 돈에 너무 목숨을 걸고 있었던 것 같다. 삶에서 돈이 중요했고, 어떤 선택을 하든 돈이 우선이었다. 그래서 이직할 때 무리하게 급여 조건이 좋았던 회사를 선택하게 되었다. 아버지는 경제적인 부분에는 현실적이지 않았다. 가족들과 상의하긴 하지만 결국 하고 싶은 것은 해야 하는 분이었다. 좀 더 현실적인 결정과 선택을 했다면 어땠을까?

이 시기 나는 일만 했다. 지금 생각해 보면 내가 하고 싶었던 일이기에 집중할 수 있었지만, 그 당시에는 불만이 많았던 것 같다. 내 삶이 없었다. 어떻게 할까 고민하다가 네트워크마케팅에 관심을 두게 되었다. 매주 열심히 배우고 알아 가는 시간을 가졌다. 처음에는 '내가 할 수 있을까? 영업해야 하는 건 아닐까?' 하고 부정적인 생각이 많이 들었다. 하지만 공부하면서 할 수 있을 것 같다는 생각이 들었다. 아마도 나의 긍정성이 자신감으로 연결된 것 같다. 3년은 네트워크마케팅에 집중하는 시간이었다. 나를 알아 가는 시간이기도 했다. 나는 어떤 것을 잘하는지, 어떤 방식으로 사람들과 소통하는지에 대해 알 수 있었기 때문이다. 사실 네트워크마케팅으로 크게 성공한 것은 아니다. 집에 보탬이 되고 싶어 다양한 도전을 해보고 싶었지만, 그 일은 나의 사명이 아니었던 것 같다. 네트워크를 하면서 지출했던 것도 물론 있지만, 고정 수입이 있었기 때문에 도전해 볼 수 있었던 것도 있다. 하지만 고정적인 수입은 온전히 집에 보낼 수밖에 없었고, 나의 통장에는 마이너스만 남았다. 결국 나도 정부의 도움을 받게 되었다. 평소에 긍정적이고 밝은 에너지를 가지고 있던 나는 웃음을 잃었고, 삶의 목적도 잃었던 것 같다. 정말 한 번도 생각지도 않았던 '죽음'에 대해서 처음 생각해 보는 시기이기도 했다. 갈 곳이 없었고, 더 나아질 방법도 찾지 못했다. 시련은 모든 것을 내려놓게 했다.

경제적인 어려움이 이렇게 무서운 것인 줄 몰랐다. 어린 시절도 녹록한 삶은 아니었지만 부족함은 없었다고 생각한다. 하지만 부모님은 항상 미안해했고, 난 보답을 하고 싶었다. 도움이 되기 위해 더 열심히 살았다. 하지만 결과가 너무 참담했다. 이대로 끝인가? 더 이상 내가 할 수 있는 것이 없는 것 같았다.

미국의 배우인 시슬리 타이슨이 이런 말을 했다.

"시련은 당신이 결단코 알지 못했던 자신에 대해 발견하도록 도와준다."

평소 상담하면서 다양한 도전은 굉장히 중요하다는 이야기를 많이 한다. 힘든 일을 겪었던 것이 후회되지는 않는다. 원하지 않게 직장을 그만두게 되었고, 네트워크를 하다가 실패했고, 귀농 때문에 빚을 많이 져서 죽고 싶었던 순간이 있었지만, 그 모든 경험이 나에게 힘이 되었다. 그 당시에는 시야가 좁았고 내가 할 수 있는 일에만 중심을 두고 해결하려고 했다. 지금은 다르다. 실패가 두렵지 않다. 어떤 어려움도 이겨 낼 자신이 있다. 시련을 통해 단점보다는 장점을 더 많이 발견할 수 있었다. 수많은 실패 경험이 나를 단단하게 만들었다.

3장

사람
그리고 사랑

8년 남사친 평생 함께하다

김진주

인간관계에 힘들어하는 사람들이 많다. 나 또한 인간관계에 대해서 힘들었을 때, 회의감이 들었을 때도 많았다. 힘든 순간에도 내 곁에 머물러 주는 사람들이 있다. 떠나는 인연에 연연해하지 않고 나만의 길을 걸어가고 있다면 분명 인연들이 찾아온다고 생각한다. 나에게도 평생을 응원해 줄 인연이 왔다.

수홍이는 대학교 20살 때 만난 친구였다. 학과 특성상 과 전체가 한 층에서 생활했다. 친한 친구도 아니고, 같은 학과 친구로 알고 지내던 사이다. 학교 졸업 후에도 가끔 고민 상담이나 연애 상담을 하던 친구였다. 그렇게 8년을 지냈다. 그러던 어느 날, 그 친구가 이성으로 보이기 시작했다. 수홍이는 내가 있던 군산에서 4시간에 거리에 있는 포항에 살았다.

같은 대학 동기인 '영진'이라는 친구랑 술 한잔하는데, 수홍이한테서 전화가 왔다. 수홍이는 몇 년 만에 연락해도 어색하지 않은 친구다. 말 그대로 '남자 사람 친구'다. 같은 과 영진이랑 술 먹고 있다고 하니 포항에서 놀러 온다고 한다. 다음날 수홍이는 군산으로 왔다. 오랜만에 셋이 만나서 그런지 시간 가는지 몰랐다. 주말만 되면 같이 시간을 보냈다. 영진이랑 수홍이를 만나러 포항에 놀러 가기도 했다.

어느 날, 고등학교 친구들과 약속이 있는 날이었다. 수홍이가 약속도 없이 집으로 찾아왔다. 다른 친구들을 만나러 가는 날이었지만, 멀리서 온 친구를 두고 갈 수 없어서 같이 가자고 했다. 처음에는 어색해했다. 두 시간쯤 흐른 뒤에는 고등학교 친구들이랑도 잘 어울렸다. 잠깐 바람 쐬러 수홍이랑 밖으로 나갔다. 서로 많은 이야기를 나누었다. 생각했던 것보다 잘 통하는 부분이 많았다. 내 친구들과도 쉽게 친해지는 점도 보기 좋았다. 그렇게 좋은 점이 보이더니 어느새 남자로 느껴지기 시작했다. 지금까지 몰랐던 매력이 보였고, 멋있어 보이기까지 했다. 남자 사람 친구가 남자 친구가 되는 순간이다.

장거리 연애가 시작되고 매주 군산에서 만났다. 남자 친구는 금요일 퇴근하면 포항에서 KTX를 타고 대전으로 왔다. 대전역에서 대전터미널까지 15분 정도 이동하고, 군산 가는 버스를 타고 1시간 30분 정도를 이동해야 했다. 버스 시간도 맞지 않았다. 경로도 복잡하고 힘들지만 보고 싶은 마음이 더 컸다. 남자 친구가 포항에서 대전으로 KTX를 타고 오는 동안, 나는 군산에서 대전으로 남자친구를 데리러 갔다. 지금 하라면 못할 텐데, 그때는 왜인지 대전으로 운전하고 가는 길마저 행복했다. 휴가 내고 포항에 놀러 갈 때면 금요일, 토요일, 일요일에 놀고 월요일 새벽에 출발해서 4시간 동안 운전해 출근하는 기적을 보였다. 1년 동안 매주 남자 친구가 90%는 대전으로 왔고, 나는 대전으로 데리러 가서 자취방이 있는 군산으로 같이 왔다. 가까운 거리는 아니지만 매주 만났다. 남자 친구도 그만큼 사랑이 있었으니 가능했다고 생각한다. 일주일에 한 번 만나는 만큼 같이 있는 동안에는 서로에게 집중했다. 일하는 중에는 연락을 잘 못 했다. 퇴근 후에는 밤새 전화기를 붙잡고 서로 잠드는 일이 많다. 다른 연인들처럼 여행도 다니고 친구들끼리 커플 모임도 했다.

우리가 사귀고 정식으로 처음 데이트하는 날은 아직도 기억이 선명하다. 첫 데이트 장소는 경주였다. 가고 싶었던 곳도 가고, 맛있는 것도 먹고, 꿈만 같았다. 같이 있는 것 자체가 설레었다. 첫 데이트를 하는데, 우연히 고등학교 친구 은경이를 경주에서 만났다. 그 친구는 전주에 살았다. 전주에서 3시간 30분 거리인 경주에서 만나게 됐다. 같은 시간, 같은 곳에서 만났다는 게 너무 신기했다. 우리는 처음 하는 데이트였지만, 친구는 결혼 기념 여행이었다. 그렇게 비밀스러운 우리의 첫 데이트는 끝이 났다.

늦은 밤, 야식을 사서 숙소에 들어갔다. 야식을 함께 먹으며 많은 대화를 나눴고 잠이 들었다. 데이트를 마치고 또다시 헤어지는 날이 왔다. 헤어질 때는 서로 아쉬움이 가득했다.

서로를 향한 마음은 진심이었고, 20대의 마지막 사랑은 그렇게 지나가고 있었다. 1년 후, 결혼 이야기가 나오면서 서로의 부모님을 만나게 되었다. 아빠가 남자는 술을 같이 마셔 봐야 알 수 있다고 했다. 날을 잡고 부모님과 남자 친구가 술자리를 가졌다. 하나밖에 없는 딸이 결혼한다고 속상했는지, 아빠는 그날따라 술을 많이 마셨다. 남자 친구도 잘 보이기 위해 무리했다. 집에 갈 시간이 되었는데도 잠에 들어 일어나지 못했다. 결국 기차를 놓치고 말았다. 새벽에 겨우 일어나 내 차를 몰고 포항으로 갔다. 다행히 출근 시간은 늦지 않았다. 그 뒤로 남자 친구는 담금주를 마시지 않는다. 술병으로 어지간히 고생했기 때문이다. 시간이 흘러 상견례를 했다. 남자 친구의 직장 문제로 인해 결혼식은 미루고 혼인신고를 먼저 하기로 했다. 신혼집으로 이사 갈 날이 정해졌다. 그렇게 2019년 2월 14일, 진해로 이사를 했다. 다음 날, 구청에서 혼인신고를 하러 갔다. 그저 행복하고 웃음이 났다. 팔짱을 끼고 들어갔다. 구청에 들어서는 순간, 뭔지 모를 긴장감이 들었다. 혼인신고는 생각보다 빨리 끝났다. 구청에서 아기 신발을 선물로 주셨다. 부부 된 기념으로 기념사진도 찍어 주었다. 왠지 모르게 마음이 무겁고 책임감도 생겼다. '내가 엄마로서, 아내로서, 며느리로서 잘할 수 있을까?'라는 생각이 들었다.

8년이란 긴 시간을 친구로만 지내다가 연인이 되고 부부가 되었다. 살아오면서 많은 인연을 만난다. 인연이라는 건 노력한다고 이뤄지는 게 아니다. 물 흐르듯이 자연스럽게 인연이 맺어지는 게 좋다고 생각한다. 애쓴다고 되지 않는다. 누군가를 향해 집착하고 있다면 놓아주는 용기도 필요하다. 보내 주고 나면 더 좋은 인연이 다가오기 마련이다. 인간관계가 힘들어도 실망하지 않았으면 좋겠다. 내 옆에 있어 줄 사람은 어떤 형태로든 있어 주고, 나에게 힘이 되어 준다.

사랑스러운 나의 어머니

김창범

2020년 1월경 어느 토요일 오후로 기억된다. 지인의 소개로 강사 협회 임원으로 활동하시는 최 교수를 만나기로 약속한 날이다. 옛 서울 역사 1층 카페에서의 만남이다. 수원역에서 1호선 전철을 탔다. 주말이어서인지 전철 안은 말 그대로 콩나물시루였다. 사람들 틈에 끼어 움직이기조차 쉽지 않았다. 전철의 난방기에서 나오는 더운 바람과 사람들의 온기로 무척이나 더웠다. 목덜미가 땀으로 젖었다. 입고 있던 두꺼운 오버코트 단추를 풀고 싶었지만, 움직이기가 쉽지 않았다. 답답하고 짜증이 났다. 그렇게 서울역에 도착했다. 꽤나 오래 걸린 것 같았다. 엄청나게 쏟아져 내리는 사람들의 틈에 끼어 서울역 광장으로 향하는 계단을 오르기 시작했다. 광장에 오르니 겨울의 찬바람이 불어온다. 오히려 시원하고 좋았다. 참 오랜만에 옛 서울 역사 앞에 섰다. 약속한 커피숍이 눈에 들어왔다. 무거운 카페 문을 열고 들어서니 진한 커피 향이 콧속 깊이 스며든다. 따끈한 커피 한잔이 갑자기 그리워진다. 테이블마다 커피잔을 마주하고 앉아 이야기 나누는 사람들의 모습이 다정하면서도 정겹다는 느낌이 든다. 순간, 마음이 편해진다. 주말 오후여서인지 빈자리가 거의 없다. 종업원에게 손가락으로 두 사람이란 표시를 하니 구석 쪽 빈자리로 안내해 준다. 코트를 벗어 가방과 함께 옆 빈 의자 위에 올려놓았다. 조금 있으니 검정 가방을 둘러멘 파마 머리의 중년 남자가 들어온다. 눈이 마주치자 나도 모르게 일어섰다.

"최 교수님?"

"김 교수님이시죠? 제가 조금 늦었군요." 하며 어깨에 멘 가방을 의자에 내려놓는다. 명함을 주고받으며 인사를 나누었다. 주문한 따끈한 아메리카노가 나오자 향이 코끝을 자극한다. 진한 커피 향이 참 좋다. 커피 한 모금을 마신 최 교수가 가방을 뒤적인다, 무엇을 찾는 모양이다. 하얀 플라스틱 케이스에 담긴 카드를 꺼낸다. 포커 카드처럼 보였다. 최 교수는 카드를 하나씩 테이블에 뒤엎어놓는다. 여러 모양의 그림들이 그려져 있는 카드가 테이블 위에 놓인다.

"김 교수님, 아무 카드나 하나 마음에 드는 것을 짚어 보시겠어요?"

순간 눈에 들어오는 카드가 있다. 병실에 환자복을 입은 사람과 그 옆에 간호사 모습의 사진이다. 주저 없이 그 사진을 집어 들어 최 교수께 건넸다. 카드를 받아 든 최 교수가 잠시 나를 쳐다본다. 이 카드를 뽑은 특별한 이유가 있냐고 묻는다. 고등학교 1학년 때 기억이 생생하게 되살아나는 느낌이었다.

　1975년, 수원의 수성고등학교에 입학하던 해 3월 말쯤이었다. 그해 수성고등학교는 경기도 교련 시범학교로 선정되어 입학 후부터 매일 교련 시범 훈련을 받았다. 제식 훈련, 총검술 등 다양한 훈련을 했다. 일정량의 수업을 마치고 오후가 되면 교련복으로 갈아입고 매일 반복 훈련을 했다. 3월이라지만 쌀쌀한 기운이 남아 있었다. 당시 학교 주변에는 건물이 거의 없고 논과 밭이 많았다. 벌판에 덩그러니 지어진 학교였다. 그래서인지 오후에 부는 3월의 바람은 여전히 쌀쌀했다. 보름쯤 지났을까. 기침이 심하게 나기 시작했다. 며칠 더 지나자 왼쪽 옆구리에 통증이 오기 시작했고, 숨쉬기도 불편했다. 의자에 앉아 있기도 매우 힘들었다. 밤에 이부자리에 누우면 왼쪽에 통증이 심해 오른쪽으로만 돌아누워야 했다. 기침도 점점 심해지고, 허리를 펼 수가 없을 정도로 온몸이 아파 왔다. 교련 훈련은 물론이고 수업조차 하기 힘들었다.
　"결핵성 늑막염입니다."
　수원 팔달문 로터리 주변에 있는 박 외과 원장이 진단 결과를 알려 준다. 영양도 많이 부족하고 염증이 심해 입원하고 수술해야 한다고 한다. 엄마의 얼굴을 쳐다봤다. 매우 고통스러워하는 엄마의 표정이 눈에 들어온다. 덜컥 겁이 났다. 병도 병이었지만, 형편이 너무 어려워 병원비 걱정이 무겁게 짓누른다. 진단서를 발급받아 학교에 엄마와 함께 갔다. 담임 선생님께 말씀드리고 집으로 왔다. 지금 생각하면 어떻게 행정 처리가 되었는지 몰랐다. 그다음 날부터 나는 집에 누워 있었다. 병원에서 지어 준 약을 먹고 있었지만, 병원에 가지는 않았다. 며칠 지났을까. 엄마가 한약을 들고 들어왔다. 일하다가 들어왔는지 근무복을 입으신 모습이다.

엄마의 직업은 쥬단학 화장품 외판원이었다. 엄마의 별명은 '쥬단학 아줌마'였다. 자전거에 흰색 장갑을 끼고 뒤에는 감색 쥬단학 화장품 가방을 싣고 다녔다. 근무복도 감색이었다. 가슴엔 쥬단학 화장품 로고가 새겨져 있었다. 그날부터 나는 병원에 입원하는 대신 한약을 먹기 시작했다. 지인의 소개로 서울 영등포에 한약으로 늑막염을 고친다는 한의원이 있어 다녀왔다고만 들었다. 왜 입원을 안 하고 한약을 먹으라고 했는지 물어볼 수가 없었다.

며칠 후, 갈 곳이 있다고 말하는 엄마를 따라나섰다. 도착한 곳은 양로원 의무실이었다. 수원 영화동에 국가 요양 시설인 양로원이 있었다. 6.25 전쟁 이후 홀로되고 갈 곳 없는 노인들을 돌보는 보훈기관이었다. 정문을 지나 의무실이란 안내판이 있는 조그만 기와지붕의 건물에 들어섰다.

"네가 창범이구나."

의무실에 들어가니 엄마보다 나이가 조금 더 들어 보이는 간호사가 우리를 맞아 준다. 금테 안경을 쓰고 흰색 가운을 걸치고, 그 위에 얇은 스웨터를 입고 있었다. 엄마처럼 말랐다. 좁은 의무실에는 간호사 혼자였다. 침대가 하나 놓여 있고, 그 옆에 이동식 칸막이 커튼이 있다. 몇 권의 책이 꽂혀 있는 책상 위에 작은 라디오가 놓여 있다. 카세트테이프에서 잔잔한 찬송가가 흘러나오고 있었다. 간호사가 의자를 내밀며 엄마에게 앉으라 권한다. 나는 의무실 창문가에 서서 밖을 쳐다보고 있었다. "창훈대교회 심 집사님께 얘기 들었다"라며 이런저런 이야기를 나눈다. 간호사와 엄마가 나눈 이야기를 다 기억할 수 없다. 한 가지는 아직도 귀에 쟁쟁하다. 영양 상태가 좋지 못하니 포도당 주사라도 맞아야 한다는 것이다. 약국에 가서 사 오면 주사를 놔 주겠다고 한다. 그 후 나는 매일 양로원 의무실에서 포도당 주사를 맞았다. 팔뚝에 맞는 주사였다. 노란 고무줄로 팔꿈치 위를 묶은 후 주사기에 포도당을 담아 힘줄을 찾아 주사를 놨다. 잠시 침대에 누워 있을 때면 그 간호사는 엄마에 관해 이야기해 준다. 엄마와 직접 친분은 없었지만, 주위 사람을 통해 우리 집 사정을 잘 알고 있다고 한다. 이제 고등학생이니 엄마 많이 도와드리고 포기하지 말고 열심히 살아야 한다고 말해 주었다. 내가 알지 못했던 엄마의 고된 일상을 더 알게 되었다. 그렇게 한 달 이상 매일 양로원 의무실을 찾았다. 간호사의 정성 덕분에 다시 등교할 수 있었다. 한동안 육체적 활동을 할 수 없어 체육 시간이면 교실에서 운동장만 바라봐야 했다. 등교 후 포도당 주사는 일주일에 한 번 정도 맞았다. 그리고 얼마 후, 우리는 다른 동네로 이사했다. 물론 양로원 의무실도 갈 수 없었다. 어느 순간 그 간호사의 모습도 내 기억 속에서 사라졌다.

세월이 참 많이 흘렀다. 내 나이도 환갑을 훌쩍 넘었다. 공직에서 퇴직하고 제2의 인생을 살고 있다. 젊은 시절 가정을 책임졌던 엄마는 곧 아흔을 바라보게 되었다. 식탁 위에는 성경책과 노트가 늘 가지런히 놓여 있다. 엄마는 지금도 아침 일어나면 식탁에 앉아 기도하고 성경을 보신다. 그리고 노트에 성경 필사를 한다. 책꽂이에는 여러 권의 노트에 엄마의 필체가 담긴 성경 글귀가 빽빽이 적혀 있다. 엄마는 지금도 힘들지 않냐는 물음엔 안경을 벗으며 "매일 하던 일인데, 뭐."라고 한다. 간간이 엄마 얼굴에 고등학교 시절 그 간호사의 얼굴이 보일 때가 있다. 얼마나 변하셨을까. 아직 살아 계실까.

옛 서울 역사에서 만난 최 교수의 심리 카드놀이가 오랜 추억을 불러일으켜 주었다. 살아가면서 여러 사람을 만난다. 가족이란 이름으로, 이웃이란 이름으로 인연을 맺게 된다. 유독 마음에 담긴 가족 같은 이웃이 있다. 오늘은 고등학교 시절 나를 치료해 주었던 간호사를 조용히 엄마라고 부르고 싶다. 우리 엄마보다 나이가 많았으니 큰이모라고 불러도 좋은 듯싶다.

중학교 3학년 때 팝송이란 걸 알게 되었다. 한창 사춘기 시절 호기심도 많았다. 기타도 배우며 이런저런 노래를 참 많이 따라 불렀다. 영어 사전을 뒤적이며 팝송을 해석하며 한참 좋아했던 시절이다. 좋아했던 노래 중 Jimmy Osmond의 'Mother of Mine'가 기억난다. 가사는 이렇게 시작된다.

'나의 어머니, 당신의 모든 삶을 내게 주셨어요. 내가 가진 모든 것은 어머니 덕분이에요. 어머니, 사랑스러운 나의 어머니….'

오늘은 우리 엄마와 큰이모님 같은 그 간호사를 생각하며 조용히 가슴속으로 불러 본다.

아이 그리고 사랑

문숙정

"엄마, 엄마는 나 대신 죽을 수 있어요?"

큰아이가 초등 5학년 즈음 이런 이야기를 한 적이 있다. 아마 그 당시에 죽음에 대한 개념이 생기는 시기였을 수도 있고, 주변에서 죽음을 느꼈을 수도 있다. 엄마는 자식을 위해서 죽을 수 있는 사람이라고 이야기하고 나서 여러 대화를 했던 것 같다. 대신 죽을 수 있은 사랑은 부모가 자식을 사랑하는 마음뿐이라고 생각한다.

요즘은 저출산이 문제가 되고 있다. 자식을 기르는 것이 자신의 삶을 희생하는 것과 같다는 생각이 많은 것 같다. 이해가 되기도 하고, 안타깝기도 하다. 나도 젊었을 때는 은행이나 공공장소에 아이들을 데리고 오는 여자들을 이해할 수 없었다. 울고 뛰어다니는 애들을 데리고 와서 다른 사람들을 불편하게 하는 거냐며 불편함을 이야기한 적도 있었을 만큼 아이들을 좋아하지 않았다. 그런데 내 아이가 생기고 나니 세상 어린이들이 다 예뻐 보였다.

첫아이를 임신하고 나서 열 달 내내 행복해했던 기분이 아직도 생생하다. 온전한 내 사람이 생긴 것 같고, 심리적으로 안정된 기분이었다. 둘째 아이 때도 마찬가지였다. 계속 일을 해야 하는 상황이 아니었다면 더 많은 아이를 낳았을지도 모른다. 딸이 없는 것이 지금도 너무 속상하기 때문이다. 엄마랑 딸이 같은 옷을 입고 외출하는 이들을 보면 지금도 부럽다.

두 아들은 너무 순했고, 자기 일을 잘 알아서 하는 아이들이었다. 물론 큰아이가 동생을 잘 보살핀 이유도 있고 4살 터울 둘째도 형을 잘 따랐다. 어릴 때부터 형 물건은 건들지 않았던 둘째는 성인이 된 지금도 형에게 순종하는 동생이다. 형제들이 싸우는 것을 본 적이 없다. 나의 어린 시절은 차별을 받고 자랐다고 기억되기 때문에 (물론 부모님은 똑같이 키우셨을 것이다) 작은애가 둘째라서 불이익을 받는다고 느끼지 않게 기르려고 했다. 나는 1남 3녀 중 둘째였고, 항상 양보하고 착하게 행동해야만 부모님께 인정을 받을 수 있었다. 그래서 둘째가 차별받는다는 느낌 없이 키우고 싶었다. 둘 다 엄마는 자기편이었다고 느끼는 걸 보면 다행이다.

큰애한테는 항상 고마움이 있다. 일하는 엄마 대신해서 어린 동생을 항상 데리고 다녔다. 친구 집에 놀러 갈 때도 10살짜리가 6살 동생을 세트처럼 데리고 다녔었다. 그게 쉬운 일이 아니었을 텐데도 친구 집에서도 당연하게 받아들여 주었기 때문에 가능했을 것이다. 지금도 형제 사이가 좋고, 동생은 형이랑 노는 것이 너무 재미있고 좋았다는 이야기를 많이 한다. 형에게 순종하는 건 어디서 배웠을까? 태어날 때 가지고 나온 능력인가 하는 생각이 들 때가 많다. 집안 어른들은 어릴 때 형에게 크게 혼난 기억이 있는 게 아니냐 하시지만 작은 아이의 평화주의적 성향 때문일 것이다. 작은 아이는 다른 사람을 불편하게 하지 않으려고 노력을 하는 것 같다.

30대 때는 일을 엄청 많이 해야 하는 상황이어서 아이들끼리 밥을 먹는 경우도 많았다. 병원에서 사용하는 그릇 비슷한 것에 반찬들을 담아 쟁반을 냉장고에 넣어 두었다. 아이들이 냉장고에서 쟁반 통째로 꺼내 뚜껑을 열고 둘이서 밥을 먹는 경우가 많았다. 큰애는 초등학생이었는데도 너무 의젓하게 동생을 먹이고 씻기고 재우기까지 했다. 지금 생각해 보면 어린 나이에 얼마나 하기 싫었을까 하는 생각이 들기도 한다. 큰애에게 항상 고맙다. 형과 함께 엄마를 기다려 준 작은애에게는 미안함이 많다. 성인이 된 큰애와 서로 의견이 안 맞는 경우도 많지만, 큰애에게는 고마운 기억들이 많다. 인생을 살아 보니 힘들었을 때도 아이들 덕분에 잘 버티었고, 우린 가끔 그때 이야기를 할 때도 좋은 기억이 더 많다.

나는 친척들을 만날 때도 친구들에게도 아이들의 단점을 거의 이야기하지 않는 편이다. 우리 아이들을 직접 만나 보지 않고 나의 이야기로 선입견을 갖게 하고 싶지 않다. 특히 친척들은 평생 보아야 하는데, 볼 때마다 네가 어린 시절에 그랬다며 하는 이야기를 듣게 하고 싶지 않아서다. 엄마는 겸손을 가장 큰 미덕으로 생각하기 때문인지 항상 남들에게 "우리 집 애들은 잘하는 게 없어요~ 예쁘다니요. 아니에요. 그냥 평범하죠." 항상 이런 식이었다. 우리가 항의하면 자식 자랑은 팔불출이라고 하는 엄마에게 불만이 있었다. 항상 자식 자랑을 달고 사는 큰이모와 완전 반대였다. 큰이모는 아이들이 숨 쉬는 것도 예쁘게 숨 쉰다고 자랑하는 분이다. 친척들은 큰이모집 사촌들은 다 훌륭하다고 생각하고, 우리에게는 무언가 부족한 듯한 선입견으로 이야기할 때는 짜증이 났다. 나의 아이들은 차별도 그런 선입견도 없길 바라서 아이들의 단점을 이야기하지 않으려 노력한다.

만약 나에게 자식이 없었다면 사랑이라는 감정도 몰랐을 것이다. 남녀 간의 사랑은 3년도 못 가서 변하는 경우가 많다. 그건 사랑이라고 하기보다는 욕정에 가깝지 않을까 싶다. 부모가 자식을 대하는 마음은 평생이 지나도 변하지 않는다고 믿는다. 자식은 죽으면 가슴에 묻는다고 한다. 왜 그런 이야기가 나왔는지 자녀를 기르면서 알게 되었다. 경제적인 풍요가 아이들이 없었다면 더 있었을까? 그렇지 않다고 생각한다. 아이들은 나를 좋은 어른이 되게 마음먹게 하는 자극제였고, 나의 감정을 더 풍요롭게 하고, 남들을 이해하는 폭이 넓어지게 했다. 경제적으로도 더 열심히 살게 했다. 아이들과의 대화가 순간순간 행복하게 했다. 결혼에 대해 말할 때면 항상 아이들이 주는 행복을 이야기한다.

요즘 결혼하지 말고 혼자 살기를 권하는 부모도 있다고 한다. 결혼이 힘들고 아이를 양육한다고 자신이 희생했다고 생각하는 이들도 있다. 그런 이야기를 듣는 자녀가 엄마에 대한 죄책감을 가지게 되지 않을까 싶은 생각에 안타깝다. 자신의 결혼 생활이 힘들었다 해서 아이도 그렇게 살 것 같은 걱정 때문일 것이다. 혼자 살다가 고독 속에서 생을 마감하는 사람들이 점점 많아지고 있다고 뉴스에서 이야기한다. 혼자보다는 둘이 좋고, 둘보다는 자녀가 있는 삶이 좋은 것 같다. 이런 이야기를 하는 나에게 편하게 살아서 세상을 모른다고 할 수도 있을 것이다. 나의 결혼생활은 훌륭하지 않았고, 결혼 후 쭉 생계를 책임지고 있다. 나는 30년 전부터 N잡러다. 그래서 아이들에게 미안함도 많지만, 환경이 우리를 더 단단하게 만들어 주었다고 생각한다. 세상 무엇보다도 귀한 나의 아이들이 있는 지금이 좋다. 아이를 갖고 싶어도 그러지 못하는 사람들과 출산을 거부하는 사람들이 공존하는 시대 속에서 보잘것없을 뻔한 내 인생을 두 아들이 찬란하게 만들어 주었다고 생각한다.

봉사를 통해 만난 사람들

손수연

인생을 살아가면서 우리는 수많은 사람과 마주친다. 이들 중 일부는 우리 삶에 깊은 흔적을 남기며 소중한 인연으로 자리 잡고, 어떤 이들은 잠시 스치는 바람처럼 지나간다. 또 다른 이들은 불편한 기억으로 남기도 한다. 하지만 이 모든 관계는 삶의 일부이며, 인간관계를 통해 성장하고 배운다. '만남은 인연이지만, 관계는 노력이다.'라는 말이 있듯, 행복한 관계를 유지하기 위해서는 끊임없는 노력이 필요하다. 모든 인연과의 관계는 바로 우리 자신으로부터 시작된다.

여행사를 운영하면서 다양한 사람들과 관계를 맺어 왔다. 사업을 홍보하며 만난 사람들, 단체 활동을 통해 알게 된 이들까지, 개인 사업을 운영하면서 네트워크는 점점 넓어졌다. 특히 국제로터리 봉사단체에 가입하면서 나의 사회적 관계망은 더욱 확장되었다. 처음에는 어떤 단체에 가입해야 할지, 어떻게 활동해야 할지 막막했지만 나누리로터리클럽 회원으로 활동하면서 새로운 세계를 경험하게 되었다. 처음 활동을 시작하면서 적응하는 데 시간이 걸렸다. 서로 다른 사람들 사이에서 단체 활동을 잘할 수 있을지 자신이 없었다. 시간이 지나면서 국제로터리의 진정한 의미와 가치를 조금씩 이해하기 시작했다. 로터리 표어는 '가장 훌륭하게 봉사하는 사람이 가장 많이 거두어들인다.'이다. 이 표어처럼 인생에서 가장 중요한 가치 중 하나인 봉사와 헌신의 의미를 이해할 수 있었다. 네트워크를 만들어 가는 일은 도전이었지만, 회원들과 관계를 맺으며 봉사 활동에 참여하기 시작했다. 서로 다른 배경을 가진 사람들이지만, 봉사라는 공통된 목표를 향해 나아가며 서로를 이해하고 존중하는 법을 배웠다. 봉사의 경험은 사람들과의 관계가 얼마나 중요한지 알게 해 주었다. 다양한 사람들의 만남은 삶에 긍정적인 영향을 주고, 관계를 통해 더 나은 나로 성장할 수 있게 해 주었다.

봉사 활동에 참여하면서 배운 중요한 교훈은 봉사 정신이다. 여행사 일을 하면서 매주 수요일은 복지관에서 어르신들께 점심 식사를 돕는 급식 봉사를 했다. 처음 복지관 봉사를 갔을 때가 떠오른다. 복지관은 사무실에서 10분 거리에 있는 3층 건물이었다. 지은 지꽤 오래되어 보였다. 1층 사무실로 들어가니 50대 중반의 영양사 선생님이 우리를 맞아 주었다. 작은 사무실에서 따뜻한 차 한잔을 마시며 급식 봉사 일정과 주의 사항을 안내받았다. 복지관 입구를 따라 들어가니 어르신들이 다양한 활동을 하고 있었고, 각자 좋아하는 프로그램에 참여하며 즐거워하는 모습들이 눈에 들어왔다. 당구 치는 어르신들, 노래 배우는 어르신들, 탁구 치는 어르신들, 밸리댄스를 배우는 어르신들로 복지관이 북적거리고 활기가 넘쳤다.

눈을 마주친 어르신들께 환한 미소로 인사를 했다. 급식 봉사를 위해 안내에 따라 식당 안으로 향했다. 큰 홀이었고, 식탁이 빼곡히 놓여 있었다. 같이 간 봉사팀 8명은 각자 할 일을 찾아 움직이기 시작했다. 테이블을 준비하는 회원, 배식 준비를 돕는 회원, 식사하러 오는 어르신 중 불편한 분들을 부축해 주고 안내하는 회원들도 있었다. 우리는 배식 봉사를 돕기 위해 분주하게 움직였다. 11시 30분부터 배식이 시작되었고, 어르신들이 불편함 없이 식사할 수 있도록 돕기 시작했다. 거동이 불편한 어르신들께는 배식을 받아 직접 자리로 가져다주기도 하고, 식사를 다 마친 어르신들을 배웅하기도 했다. 어르신들의 식사가 끝나면 그때부터는 더 바빠진다. 배식판 설거지가 수북이 쌓였다. 배식판이 500개가 넘었다. 하루 평균 500명 정도의 어르신들이 복지관을 찾아와 식사한다. 복지관 프로그램에 참여하면서 식사를 하는 어르신들도 있지만, 주위에 사는 어르신들도 복지관에 와서 식사하는 경우가 많았다.

나는 배식판 설거지 담당을 했다. 앞치마를 두르고 뜨거운 물에 배식판을 먼저 불렸다. 깨끗하게 손으로 설거지를 하고 난 후 식기세척기에 넣고, 최종 소독까지 깔끔하게 마친 뒤 배식판을 정리했다. 배식판이 많다 보니 설거지를 하다 보면 다리도 아프고 허리도 아팠다. 그렇지만 어르신들이 즐겁게 식사하는 모습을 볼 때면 작은 수고스러움은 일도 아니었다. 급식 봉사가 모두 마무리되면 우리 회원들도 남은 급식을 먹었다. 어르신들이 드셨던 똑같은 메뉴로 식사를 한다. 반찬이 거의 떨어져 없었지만, 땀을 흘리고 먹는 밥은 다른 어떤 밥보다 꿀맛이었다.

매주 수요일 급식 봉사로 복지관을 다니면서 어르신들과 친해지기 시작했고, 복지관 급식 봉사 가는 날이 기다려졌다. 오늘은 복지관에서 어르신들과 어떤 인사를 나눌까, 어떤 대화를 나눌까 생각하게 되었다. 1년 반 동안 매주 수요일이면 남부복지관에 가서 급식 봉사를 했다.

겨울철에는 김장 김치 담그는 봉사를 했다. 김치를 담가 어려운 이웃들에게 집마다 방문해 전달했다. 김장 봉사는 하루 일정으로 미리 공지해 준다. 그날 시간이 되는 회원들이 자발적으로 참여한다. 김장 봉사는 외부 공원에서 하기 때문에 날씨도 춥다. 겨울 점퍼에 목도리까지 둘러메고 김장 봉사에 참여했다. 두건과 앞치마를 두르고 손에는 빨간 고무장갑을 착용했다. 추운 날씨에도 공원에서 회원들과 추운 줄도 모르고 웃으며 배추에 양념을 바른다. 양념을 바른 배추를 한 박스씩 채워 담는다. 김장 김치를 맛있게 먹어 줄 이웃들을 생각하면 추운지도 몰랐다. 회원들과 그날 담은 김장 김치 한 포기를 맛있게 찢어 수육까지 먹고 나면 김장 봉사가 마무리

된다. 어려운 이웃들에게 전달하는 일까지 회원들이 해야 하는 봉사다. 2명씩 짝을 지어 1층부터 15층 아파트까지, 층마다 김장 김치를 전달했다. 이웃들을 방문하다 보면 거의 혼자 사는 어르신들이 많았다. 거동이 불편한 어르신도 있고, 어렵게 생활하는 분들도 많았다. 이웃들은 감사의 표현을 수없이 해 준다. 고마워하는 이웃들의 모습을 보며 뿌듯하면서도 마음 한쪽이 아려 왔다. 작은 나눔의 실천을 하다 보면 모든 게 감사하다. 봉사하면서 나 또한 로터리클럽 회원들과도 좋은 관계를 만들게 되었다. 마음에서 우러나는 진정한 봉사가 차곡차곡 쌓이게 되었다.

주말에만 할 수 있는 봉사가 있었다. 한 달에 두 번씩, 새벽 6시에 호수공원에 나가 쓰레기를 줍는 봉사였다. 봄부터 가을까지 많은 사람이 공원을 찾는다. 가족들, 연인들, 친구들, 삼삼오오 공원을 찾아 돗자리를 깔고 시간을 보낸다. 대부분 쓰레기를 가져가지만 일부 사람들은 쓰레기를 버리고 가기도 한다. 그래서 우리 로터리클럽에서 호수공원 쓰레기 줍기 봉사를 시작하게 된 것이다.

토요일 아침 새벽 6시면 회원들은 편한 옷차림으로 호수공원에 모였다. 눈을 비비고 나온 회원도 있고, 일찍 나와 호수공원을 미리 한 바퀴 걷고 있는 회원도 있었다. 우리는 조끼를 입고, 쓰레기 담을 큰 봉투를 하나씩 챙겼다. 쓰레기 주울 집게까지 챙기면 준비 완료다. 회원들은 각자 코스를 정하고 쓰레기를 줍기 시작했다. 줍다보면 별 쓰레기가 다 나온다. 맥주 캔, 담배꽁초, 음료수병, 과자봉지 등 다양했다. 배달 음식을 시켜 먹고 남은 음식을 그대로 버리고 간 사람도 있었다. 호수공원에서 쓰레기를 줍다 보면 가끔 에피소드도 생긴다. 동전을 줍기도 하고, 천 원짜리 지폐를 줍는 회원도 있었다. 돈을 주운 회원은 로또가 당첨된 것처럼 즐거워했다. 나도 5천 원짜리 지폐를 주운 적이 있다. 쓰레기 주우면서 가장 큰 금액을 주운 것이다. 회원들과 시원한 음료수를 사 먹었던 기억에 미소가 절로 난다. 쓰레기를 줍고, 최종 분리수거까지 하고 나면 그날 쓰레기 줍기 봉사가 끝났다. 모두 뿌듯함을 안고 각자의 자리로 돌아갔다.

살면서 어떤 사람을 만나는지가 중요하다. 국제로터리클럽 회원들을 만나면서 다양한 경험을 하게 되었다. 그 안에서 협동도 배우고 나눔도 실천했다. 복지관에서 설거지 봉사도 하고, 김장 김치를 만들어 이웃들에게 나눠 주는 일도 했다. 주말에는 쓰레기 줍는 봉사도 이어 갔다. 바쁜 와중에도 어려운 사람을 잊지 않는 회원들을 보면서 많은 것을 깨닫는 시간이기도 했다. 토크쇼 진행자인 오프라 윈프리는 이런 말을 했다.

"당신을 지금보다 나은 사람으로 만들어 줄 사람들과 어울려라."

나에겐 국제로터리 클럽에서 만난 사람들이 그랬다. 소중한 인연 덕분에 한 단계 더 성장할 수 있었다. 사람이 재산이다.

인간관계의 롤러코스터

신윤정

살면서 언젠가부터 스며들 듯이 내 주변에 함께해 오는 사람들이 있다. 그 사람들을 내 편이라 믿고 든든하게 생각한다. 사람들은 말한다. 어려운 일이 생겼을 때 오히려 사람과 사랑을 발견하게 된다고 말이다. 그렇게 가장 힘들 때 생각지도 못한 소중한 인연이 생기기도 한다.

인간관계는 롤러코스터와 많이 닮아 있다. 설렘과 기대감으로 가득 차 있는 출발점은 새로운 인연을 만나는 순간과 비슷하다. 우리는 서로를 알아 가며 점점 더 가까워지고, 우정과 사랑이 깊어지는 과정을 겪는다.

그러나 롤러코스터가 항상 오르막길만 있는 것이 아니듯이, 인간관계도 그렇다. 때로는 예상치 못한 내리막길을 만나기도 하고, 급격한 회전과 흔들림을 겪기도 한다. 갈등과 오해, 다툼과 화해의 반복 속에서 인간관계의 복잡함과 어려움을 체감하게 된다. 이때 서로를 이해하고 격려하는 과정이 중요하다.

롤러코스터의 짜릿함은 오르막과 내리막, 회전이 주는 긴장감에서 온다. 인간관계도 기복 속에서 진정한 의미를 찾게 된다. 급격한 하강 후의 안도감처럼, 갈등을 해결한 후의 관계는 더욱 단단해진다. 롤러코스터의 모든 순간이 특별한 것처럼, 인간관계의 모든 순간도 중요한 메시지를 전달한다. 인생이라는 롤러코스터에서 서로를 지지하며 더 나은 여정을 함께 만들어 간다.

오랜만에 설렘과 행복으로 다가온 사람이 있었다. 만나 보지 못한 부류의 사람이었고, 끌림이 있었다. 아직 차가운 공기 속에서도 느껴지는 따스한 햇살처럼 가슴을 두근거리게 했다. 특히 음악과 음식이라는 공통된 취향은 우리 사이를 더욱 가깝게 만들어 주었다. 하루가 다르게 그리움이 커졌다. 그러나 빠르게 가까워질 땐 조심했어야 했다. 누구나 처음엔 보고 싶은 것만 보게 되지만, 곧 다름을 발견하면서 고뇌에 빠진다. 가치관도 생활 패턴도 많이 달랐던 그는 역시나 경제 활동에 대한 개념도 일반적인 사고를 벗어난 사람이었다. 그런 상황에 같이 엮여서 금전적인 피해를 입게 되었다. 물론 그 사람이 고의로 사기를 쳤다거나 계획적으로 일을 만든 것은 아니었으나, 문제를 해결하는 방법에 있어서 비겁했다. 인연이 끊어질 때 마음의 상처만으로도 감당하기 힘들다. 더 문제가 되는 것은 금전적인 관계가 다른 굴레를 만든다는 것이다. 그 시기에 경제적으로 너무나 힘겨워서 쇼핑도, 여행도 10년 동안 해 본 적 없이 알뜰하게 살고 있었다. 그래서 더욱 화가 치밀어 올랐고, 모든 것이 원망스러웠다. 갈등과 원망이 쌓여 갈수록 가슴이 더 답답해져만 갔고 언젠가부터 생긴 폐소공포증이 더 심해진 느낌이었다. 공황장애가 온 것이 아닐까 하는 의심마저 들었다. 심리적으로 더 불안해졌다. 어느 순간부터 병원의 MRI 검사 기계에 두려움과 공포를 느끼게 되었다. 차 안이 너무 답답해서 창문을 여는 것만으로는 해결되지 않아 차를 세우고 나와 버리는 일도 있었다. 생수를 마시다가도 그 생수병이 입을 틀어막고 있다는 생각에 마시던 물을 뱉어 낸 적도 있다. 엄마와 휴일에 스타필드에 가려고 했을 때 차들이 길게 줄을 서 있었고, 지하 3층까지 막혀 있었다. 도로에서 30분이 넘게 지체되었다. 지하로 막 들어서는 순간, 빽빽하게 들어선 차를 보니 숨을 제대로 쉴 수가 없었다. 결국, 엄마에게 머리가 아프다고 둘러대고 주차 요원의 도움으로 그곳을 빠져나오고야 말았다. 이후로도 줄곧 숨 쉬는 게 힘이 들어 고통스러웠다. 매일 땅이 꺼지듯 한숨을 쉬며 그 답답함을 조금이나마 밀어내고 있었다. 6개월 정도를 철저히 혼자서 견디고 있었으나, 도움이 필요하다는 생각이 들었다.

그때부터 친하다고 생각되는 지인 몇 명에게 솔직하게 이야기를 털어놓았고, 함께 고민해 주는 그 사람들이 고마웠다. 그러나 그것도 잠시뿐이었다. 사람들은 모두 내 맘 같지 않다. 남의 일은 역시나 남의 일인 것이다. 좋은 이야기도 한두 번이면 질리는데, 안 좋은 이야기의 반복적인 대화가 좋았을 리 없다. 너무나 잘 알고 있었지만 극도의 스트레스로 심신이 나약해져 있었기에 그들에게 의존할 수밖에 없었다. 하는 일도 마침 비수기여서 대부분 집에 틀어박혀 지냈기에 고통에서 쉽게 빠져나올 수 없었다. 집이 아닌 다른 공간에서의 환기가 필요했고, 사람과의 만남과 소통이 절실했다.

그렇게 힘겨운 하루하루를 보내다 갑자기 한 사람이 떠올랐다. 친한 언니의 소개로 알게 된 사람이다. 그 사람은 영국에서 한국으로 돌아온 직후였고, 그때부터 자주 만남을 가지면서 가까운 사이가 되었다. 생각해 보면 나의 첫 독립도 그 언니의 영향이 컸다. 갈등과 상처로 나만의 공간이 필요하다고 생각할 즈음 용기를 갖고 독립할 수 있게 힘을 주었다. 언니가 중국으로 가게 되면서 만남이 뜸해졌다. 이후 한동안 만나지 못하다 다시 언니가 한국으로 오게 되면서 연락을 이어 가게 되었다. 소소한 이야기로 가끔씩 안부를 묻고 지내고 있었다.

다짜고짜 하고 싶은 이야기가 있으니 만났으면 좋겠다는 말을 했다. 언니는 묻지도 따지지도 않고 알았다며 바로 약속을 잡았다. 언니의 회사 앞에서 보기로 했지만, 장소를 바꿔 신혼집에 초대해 주었다. 내 차로 언니를 픽업해서 집까지 이동할 때도 아무런 질문도 하지 않은 채 마트에 들러 저녁 준비를 위한 음식을 샀다. 도착해서도 언니는 서둘러 음식을 만들었고, 내가 이야기를 시작할 때까지 기다려 주었다. 나는 그때 전화기로 하는 하소연이 아닌 사람과의 만남이 필요했고, 직접적인 교류를 통해 지지와 안정감을 찾고 싶었다. 그렇게 만남을 통해 소통을 이루는 것이 매우 절실하고 의미가 있었다.

언니와 대화를 나누며 주변 사람들의 근황을 들었다. 내 상황에만 지독하게 빠져 있던 머릿속도 조금은 환기가 되었다. 대화가 깊어지면서 언니는 심리상담사인 친구를 소개해 줬고, 그분의 소개로 심리 상담 센터라는 곳을 처음 방문해 보았다. 반신반의로 찾아간 그곳은 역시나 큰 도움은 되지 않았다. 50분 상담에 11만 원을 결제해야 했고, 장기적인 시간과 돈을 투자해야만 하는 것을 알았다. 경제적으로도 어려운 상황에 또 다른 스트레스가 아닐 수 없었다. 그러는 와중에 시간은 흘러 이사해야 하는 날짜가 다가왔고, 얼마 남지 않은 계약 기간에 마음이 급해져 매일 발품을 팔았다. 이사할 때 가장 중요한 건 역시나 금액적인 부분이었고, 지금 형편으론 갈 곳이 없었다. 언니는 그 시기에도 나에게 힘이 되어 주었다. 전세, 월세, 대출이자율 등 여러 가지 정보들을 직접 찾아서 계속 공유해 주었고 걱정해 주었다. 평소에 큰 욕심 없이 살아왔고 내 집 마련에 대한 관심도 없었던 내게 언니와의 소통은 '오아시스' 같은 것이었다. 쉽지 않았을 연락을 꾸준히 해 주었다. 더 좁은 곳으로 이사해야만 했던 상황이 나를 초라하게 만들었다. 그럴 때도 언니는 나와 다른 관점과 긍정적인 해석으로 마음의 안식을 주기도 했다. 그 일을 계기로 언니에 대한 마음이 한층 더 단단해졌다. 이제는 20년이 다 되어 가는 소중한 인연이다.

어딘가에 부딪혔을 때 가볍게 무릎이 굽혀졌다가 펴지는 것과 바닥까지 주저앉았다가 일어서는 것은 큰 차이가 있다. 바닥에서 일어설 때는 손으로 짚고 일어나야 하고, 때로는 누군가가 손을 잡아 줘야만 일어설 수 있다. 다시 일어서고 역경을 극복하는 데에 사랑과 관심은 우리를 일으켜 세우는 든든한 기둥이 된다. 함께하는 사람들과 서로를 이해하고 지지하며, 어떤 어려움도 함께 이겨 낼 수 있다는 것을 깨달았을 때 우리의 삶은 더 놀라운 모험으로 변할 것이다. 숨을 쉬는 게 힘들 정도로 고단한 시기에 사랑으로 위로와 격려를 해 준 주변 사람들에게 뜨거운 감사를 보낸다.

존경하는 단 한 사람

이귀희

누구든지 순간순간 사랑하는 경험이 있다. 그때가 사랑이든지 아니든지 그 순간만큼은 사랑이라고 믿고 최선을 다하는 사람들이 있다. 존경은 좀 다른 의미이다. 존경의 사전적인 뜻은 '다른 사람의 인격이나 사상, 행동 등을 높이는 것'을 말한다. 사랑은 순간의 불꽃일 때가 많다면 존경은 오랫동안 사연을 통해 상대방과 나와의 굳건한 신뢰를 바탕으로 생긴다. 상대방의 말과 행동 그리고 여러 사연 속에 깊은 공감을 이끌어 내는 것이다. 변함없는 황금처럼 말이다. 사람의 인연을 쉽게 생각하지 않는다. 그러하기에 인연을 쉽게 받아들이지도, 쉽게 끊지도 않는다. 좋게 표현하면 신중한 사람이지만, 다르게 표현하면 세상 참 어렵게 사는 사람이다. 하지만 한번 인연을 맺으면 끝까지 가는 성격이다. 비록 손해는 보더라도 사람을 귀하게 본다.

2003년 태풍 '매미'는 한국의 가장 강력한 태풍으로, 1,300명의 생명을 빼앗아 간 초강력 태풍이다. 태풍 '매미'와 같은 10대 후반과 20대의 초반을 지내 오면서 마치 전환기를 거치듯이 삶은 혼돈의 연속이었다. 이유 없는 곤고함과 미래의 불안감 때문에 인생의 갈피를 못 잡을 때 우연처럼 내 앞에 나타나신 분이 있다. 인생의 참스승님! 인생은 누구나 처음 살기에 부모님도 어떻게 살라고 가르칠 수 없다. 인생이 두 번이라면 살아온 만큼은 이야기해 줄 수 있지만, 확신을 갖고 가르칠 수 없다고 했다. 존경하는 스승을 만나면서 예수님을 다시 배우게 되는 계기가 되었다. 이것으로 인생의 방향을 다시 잡았다. 스승은 아버지와 비슷한 나이다. 목회도 했지만, 지금은 사람들에게 멘토 역할을 주로 하는 분이다. 스승은 극심한 빈곤에도 처해 보고, 죽음 위기 속에 예수님을 만나 보기도 하고, 아픔의 고통에 몸부림치면서 아주 치열한 삶을 살아왔다. 수많은 말씀 중에 '가장 힘든 고통이 있으니, 그것은 배고픈 고통과 몸이 아픈 고통'이라고 했다. 그래서 배고픈 사람이 없는지 늘 확인하고 챙긴다. 멀리서 오면 용돈을 챙겨서 보내고 밥 먹여서 보낸다. 아픈 사람이 없는지 항상 기도해 준다. 스승 옆에는 다양한 사람들도 많다. 다른 종교인뿐만 아니라 어떤 의문을 갖고 오는 사람들도 있다. 세상에는 과학으로는 설명할 수 없는 일들이 너무나 많다. 진정한 과학자들은 신을 인정할 수밖에 없다고 한다.

나는 20대 초반에 친언니랑 같이 살았다. 경험이 없고 어리다 보니 음식을 제대로 먹기보다는 라면이나 김밥 같은 간단한 음식을 주로 먹었다. 지금처럼 다양한 편의점 음식이 거의 없는 때였다. 몸은 점점 마르고, 어느 날 고열이 나기 시작했다. 40도에서 떨어지지 않고 열이 일주일 동안 계속 갔다. 일반 약이 듣지 않으니 가슴 엑스레이를 찍어 보자고 의사는 제안했다. 결과는 후진국에서 가장 많이 걸리고 관리 못 하면 죽는 급성폐결핵이었다. 급성으로 심하게 왔다. 일어나자마자 독한 약을 한 주먹씩 먹으면서 단백질 위주의 식단을 먹어야 했다. 치료 기간은 짧으면 6개월, 길면 1년 6개월이었다. 어린 나이에 너무 힘든 기간이었다. 하나의 생각이 스쳤다. 스승을 만나고 싶다. 스승에게 기도를 받으면 좋아질 것 같은 생각이 들었다. 그로부터 15일이 지난 후, 만나러 갔다. 바쁘신 중에 내 사연을 듣고 기도를 받았다. 그런데 그 기도가 너무나 뜨거웠다. 본인의 일처럼 뜨겁게 기도해 주는 것에 감동했다. 다 나은 것처럼 가벼웠다. 폐결핵은 너무 심해서 일주일 간격 폐 사진을 찍었다. 기도를 받고 3일 후, 폐 사진을 찍으러 갔다. 지인의 소개로 만난 의사분의 첫 말은 "너 내게 사기 쳤지?"였다. 3개의 폐 사진을 번갈아 보면서 이상하다 하였고, 피 검사 결과지도 같이 봤지만 결과는 같았다. 폐 사진은 흔적도 없이 깔끔해졌다. 빨리 좋아져도 6개월 정도 걸린다고 했는데 말이다. 그리고 중요한 것은 폐결핵을 앓으면 평생 결핵 흔적이 남는다고 했다. 하지만 폐 사진은 결핵 흔적이 하나도 없이 사라졌다. 지금도 폐 사진을 간직하고 있다. 스승의 기도 덕분인 것만 같았다. 스승에게 내 사연을 전달하였지만, 스승은 기도 덕분이 아니라 나의 간절함으로 낫게 되었다고 하셨다. 성경에도 낫기를 간절히 원하는 사람은 좋아졌다고 하면서. 스승은 가장 존경받는 위치에 있으면서도 어렵고 힘든 일은 먼저 하신다. 청소도 먼저 하시고, 쓰레기 줍는 것도 먼저 하신다. 사람이 있으나 없으나 "지구는 하나님의 것이니 하나님 전을 깨끗하게 해야지"라고 하신다. 예를 들어서 공중화장실이 더러우면 청소하고 나올 정도이다. 많은 인원이 해수욕장을 갔는데, 쓰레기가 너무 많았다. 스승 먼저 청소를 하니 우리도 덩달아 청소를 하게 되었다. 한번은 사기꾼이 스승을 상대를 사기 치려고 온 적이 있었다. 주위에서 모두 사기꾼이라고 아무리 이야기해도 듣지 않으셨다. 그 사람의 말을 믿어 주고, 웃어 주고, 잘 대해 주셨다. 결국 그 사람은 스승을 상대로 사기를 치고 떠났다. 누군가 믿어 주는 단 한 사람만 있어도 그 사람은 달라질 수 있다. 스승은 그런 마음으로 잘해 줬다고 하셨다. 그리고 절대 뒷말은 하지 말라 하신다. 그 말은 그대로 자신에게로 돌아오니 절대 남을 오해하지도, 억울함을 주지도 말라 하신다. 30년을 지켜본 스승은 언제나 한결같다. 사람은 말 한마디로 운명이 뒤바뀌는 경우가 참 많다. 나의 운명도 그러하다. 내가 스승을 만나지 않았다면 온실 속 화초가 추운 날에 살 수 없듯이, 이 세상에 없었을지도 모른다.

나는 인생을 기차 여행이라고 생각한다. 우리가 기차 여행을 갈 때 밝고 아름다운 풍경을 보기도 하고, 어두운 터널을 한참 지날 때도 있다. 기차 여행처럼 인생은 모두 다 좋을 수는 없다. 추운 날씨에 전기가 끊어져 더 추울 수도 있고, 어느 때엔 본인도 모르게 터널 안으로 들어가기도 한다. 칠흑 같은 어두움이 나를 집어삼켜 버릴지 몰라 너무 두렵고 무서울 때도 있었다. 그러나 무섭다고 거기에서 내린다면 어둠 속에 영원히 갇히는 것이다. 인생의 어두운 시간이 지나가기를 기다림도 필요하다고 가르쳐 주신 스승이다. 스승을 만나지 않았다면, 내 인생의 스토리는 예전에 끝났을지도 모른다. 힘들 때마다 감사해야 할 것을 더욱 강조했다. 계절마다 꽃이 다르게 피듯이, 지금은 늦은 계절이라도 꽃이 피어나기를 기다리는 미학을 알게 해 주셨다. 힘들지만 그 길 한 발 한 발 따라가고자 한다. 사람이 힘들 때, 나를 믿어 주는 한 사람만 있어도 세상은 살아갈 희망이 있다. 나도 누군가에게 스승님과 같은 사람이 되려고 한다.

내 인생의 터닝포인트를 만들어 준 대표님

이지선

2009년 1월, 원하는 교육컨설팅 회사에 입사하고 대표님을 처음 만났을 때였다. 184cm의 훤칠한 키, 각진 얼굴과 칼주름의 양복바지가 한눈에 들어왔다. 환영한다는 말과 함께 웃는 모습이 인상적이었다. 강한 눈매와 각진 턱선에 카리스마가 강하게 느껴졌다. 대표님 얼굴을 마주 보며 웃었지만, 나도 모르게 양어깨는 움츠러들었다. 대표님은 삼성, LG, 현대 등 많은 대기업을 다니며 리더십, 커뮤니케이션 교육을 했다. 업무 특성상 사무실에 상주하는 시간보다 외부에서 활동하는 시간이 더 많았다. 대표님이 강연하는 주제 중에 앙코르 요청이 끊이지 않는 것이 있었다. 바로 에니어그램을 활용한 소통이었다. 이 전에는 에니어그램에 대해 알지 못했다. 이제 회사의 구성원이 된 이상 에니어그램에 대해서는 무조건 알아야 한다는 것이 대표님의 철학이었다. 에니어그램은 사람의 성격 유형을

9가지로 나눈 것이다. 요즘은 MBTI로 나의 성향과 다른 사람의 성격 차이에 대해 잘 알고 있지만, 그 당시만 해도 생소했다. 에니어그램을 통해 나의 성격에 대해 처음으로 깊게 들여다보았다. 내가 정말 뭘 잘하는지, 뭘 좋아하는지, 단점은 무엇인지, 어떤 것에 집착하고 스트레스받는지 알게 되었다. 생각보다 내가 나에 대해 잘 알지 못했다. 나의 정확한 에니어그램 성격 유형을 알기까지는 반년의 시간이 걸렸다. 하지만 대표님은 나에게 서두르지 말라고 이야기해 주었다. 원래 자기 자신을 아는 게 가장 어려우니 천천히 자신을 들여다보고 찾아보면 된다는 말이 위안이 되었다. 이전에 근무했던 회사에서는 잘못하는 것은 지적하며 핀잔을 주었다. 이런 것도 모르냐며 혼나기 일쑤였다. 그러다 보니 자신감은 하루가 다르게 작아져만 갔다. 하지만 대표님은 내가 만났던 상사들과 달랐다. 못하는 것보다 잘하는 부분을 더 인정해 주고 칭찬해 줬다. 잘 웃고 밝은 모습에 긍정적인 마인드가 장점이라고 이야기하며 잘할 수 있는 업무를 더 독려해 주었다. 그러다 보니 내 일에 더 자신감이 붙었고, 능력 밖의 일도 도전해 보고 싶은 마음도 생겼다. 일을 하다가 실수를 해도 이거 하나 제대로 못하냐고 질책하지 않았다. 에니어그램으로 서로의 성격을 존중했던 회사 문화 덕분이었다. 그럴 수 있다고, 괜찮다고 이야기해 주었다. 사람마다의 다름, 그 사람 자체를 인정해 주는 대표님이 정말 멋지고 대단해 보였다. 대표님에게 배우는 에니어그램 덕분에 나 자신을 사랑할 수 있었다. '난 왜 매일 이 모양일까'라고 내 자신을 질책하고 한심해하는 순간들이 참 많았다. 에니어그램을 공부하고 난 후 나 자신을 있는 그대로 받아들이고 인정할 수 있게 되었다. '아, 난 순간 집중력이 확 떨어지는구나. 그러면 다음에는 일하면서 시간 배분을 잘 해 봐야겠다.' 일하다 문제가 생겼을 때에도 어차피 안 될 거라는 시선이 아닌, 어떻게 하면 더 나아질 수 있을까 하고 문제 해결의 시선으로 바라보게 되었다. 실수해도 자책하는 횟수가 줄어들었다. 다른 사람을 바라볼 때도 '저 사람은 왜 그러지'가 아닌 '그럴 수 있지, 나와 이런 부분이 다르구나' 하면서 받아들이니 사람에 대한 스트레스도 확 줄일 수 있었다.

대표님이 직원 교육을 할 때 에니어그램 다음으로 중요하게 강조했던 것이 '시크릿'이다. 시크릿은 긍정적인 생각과 간절한 믿음이 만났을 때 강력한 힘을 발휘한다는 것이다. '끌어당김의 법칙'이라고 부르기도 한다. 대표님은 1980년대에 외국계 컴퓨터회사에서 세일즈맨으로 사회생활을 시작했다. 단 하나의 컴퓨터를 팔지 못했던 대표님은 결국 해고 위기에 놓였다. 노란색 해고 봉투를 받고 그는 살기 위해 간절함의 끌어당김의 법칙으로 세계 Top Sales Man을 수상하며 13년 동안 최고 세일즈맨의 길을 걸었다. 이후 성격과 의식의 중요성을 몸소 체험하고 HRD 프로그램을 개발해 교육의 길을 걷고 있었다. 대표님에게 배운 대로 내 삶과 일에 끌어당김의 법칙을 사용해 보았다. 일을 시작하기 전 사무실 책상에 앉아 업무 수첩에 내가 원하는 것들을 적어 내려갔다. 그리고 원하는 것을 이루기 위해 열심히 실행하고, 간절한 마음으로 이루어지기를 바랐다.

정말 신기하게도 일 년 후 내가 적어 둔 수첩을 보면 버킷리스트 중 반 정도는 이루어져 있었다. 그 이후로 나의 꿈을 적는 습관을 갖게 되었다. 일상의 작은 바람부터 올해에 그리고 몇 년 후 이루고 싶은 일들을 적는다. 원하는 목표를 이루기 위해 더 실행하게 되고, 노력하는 마음을 가질 수 있어 많은 도움이 된다.

2013년도에 결혼을 하게 되었다. 결혼식 주례를 어떤 분께 부탁할까 고민을 했다. 그러다 대표님 강의 진행 강사로 동행하면서 강의를 듣게 되었다. 교육 시간에 학습자분들과 만남 노래를 불렀다. 주례를 종종 볼 때가 있는데, 결혼식에서 하객들에게 부부를 위해 만남 노래를 꼭 부른다고 했다. 이 세상에서 가장 의미 있고 아름다운 만남은 부부의 연이라는 말이 마음에 와닿았다. 평생 한 번 소중한 결혼식인 만큼 의미 있는 분이 주례를 봐 주었으면 좋겠다고 생각했다. 내 인생에 터닝포인트를 만들어 준 분은 바로 윤태익 대표님이었다. 남편에게 주례를 대표님께 부탁하자고 제안했다. 그는 흔쾌히 내 제안에 응해 주었다. 결혼식이 화려하고 웅장하지는 않았지만, 나에게는 의미 있고 특별한 기억으로 남아 있다. 떨리는 마음으로 입장하였고, 대표님의 주례사로 결혼식이 진행되었다.

"신랑과 신부가 만나 부부의 인연을 맺게 되는 건 보통 인연이 아닙니다. 이 세상에 아름다운 만남을 하객 여러분이 축복하면 좋겠습니다."

대표님의 주례로 결혼식에 참석한 하객 모두가 축가로 만남 노래를 불러 주었다. 아름다운 노랫소리가 결혼식장에 울려 퍼졌고, 이

보다 더 감사한 축가는 없었다. 덕분에 내 인생에 있어 결혼식의 축가는 감동적인 순간으로 남았다.

　나로서, 나답게 이 세상을 살아갈 수 있는 시작을 만들어 준 분이 바로 대표님이다. 살아가면서 간절히 원하고 포기하지 않고 실천한다면 원하는 것은 반드시 이루어진다는 것을 배웠다. 긍정적인 마인드를 가슴 깊이 새겨 준 윤태익 대표님은 내게 상사 이상을 넘어서 스승님이다. 만약 내가 성격과 의식에 대해 알지 못한 채 살아갔다면 내 장점과 나다움을 알지 못하고 지냈을 것이다. 생각만 해도 아찔하다. 지금은 대표님과 함께 일하지는 않지만, 대표님이 알려 주신 성격과 의식을 잊지 않고 살아가고 있다. 인생에 있어서 이것을 알지 못했다면 내 인생은 아마 다른 시나리오로 흘러갔을 것이다. 지금, 이 순간, 이 마음을 가지고 살아갈 수 있음에 감사하고 또 감사하다. 앞으로 나 역시 누군가에게 선한 영향력을 미치며 살아간다면 너무나 행복한 삶이라 이야기할 수 있을 것이다.

내가 상처받은, 내가 사랑받은

황은정

'나는 사랑 받는 사람이었을까? 사랑을 주는 사람이었을까?' 사랑에 대해 들여다보자니 굉장히 손발이 오글거리고, 스스로에게는 어떤 사람인지, 다른 사람들에게는 어떤 사람인지 생각해 보게 된다. 어린 시절부터 부모님은 '남을 도우면서 살아야 한다, 나누면서 살아야 한다'는 이야기를 많이 했었다. 귀에 못이 박히도록 들었던 이 말이 너무나도 당연하여 그렇게 살아야 한다고 생각했다. 어린 시절에는 인사도 잘해서 예의 바른 아이라는 소리를 듣고 자랐다. 어린 시절에는 가족들과 봉사 활동을 다니고 학창 시절에는 봉사 동아리에서 나눔을 실천했다. 크게 도움을 준 것은 아니지만 봉사 활동을 하면서 보람도 꽤 느꼈고, 기억에 남았다. 사랑의 표현은 다양하다. 의미 있던 시간을 한번 되돌아보려고 한다.

첫 번째 기억은 대학교 때 봉사 활동을 처음 갔을 때였다. 중·고등학교 때도 봉사 활동을 다녔지만, 요양원에서 청소하고, 어르신들 배식해 드리고, 말벗이 되어 드리는 정도였다. 항상 어르신들의 웃음소리를 들으면서 나 또한 많이 웃었던 것 같다. 그 좋은 기억에 사회복지사를 꿈꾸게 되었고, 대학 시절에도 봉사 활동을 많이 다니려고 노력했다. 대학 때 처음 봉사 활동을 갔던 곳은 장애인 직업 재활 시설이었다. 처음 접한 곳이었기 때문에 낯설기도 했지만, 적응하기 위해 한 달에 한두 번은 꼭 봉사를 갔다. 사회복지 공부를 하면서 장애인에 대한 관심이 높아져서 진로를 이 분야로 결정했다. 이들을 위해 봉사하고 나눔을 실천하며 살고 싶다고 생각했다. 하지만 현실은 굉장히 달랐다. 장애 유형이 많은 것은 알았지만, 실제 현장에서 만난 장애인들은 훨씬 더 다양했다. 처음 봉사 활동을 갔을 때 한 프로그램은 장애인 10명과 봉사자 7명이 공원으로 나들이를 가는 프로그램이었다. 성인들이었기 때문에 아동과는 다르게 지적 능력이 어느 정도 있고, 스스로 통제가 가능하다고 생각했다. 하지만 대부분 발달 장애를 가지고 있는데, 지적 능력은 초등학교 저학년 수준에 머물러 있었다. 넓은 공원에 나간 우리 봉사자와 대상자분들은 적응까지는 꽤 시간이 걸렸다. 완전한 통제가 되지 않아 1:1 케어를 해야 하는 상황이었다. 인원이 맞지 않았기 때문에 장애인들끼리 짝꿍을 지었고, 한 명 또는 두 명이 케어를 하기로 했다. 그 뒤로 통제가 가능해졌고, 재미있게 활동할 수 있었다. 다음 프로그램은 영화 관람 프로그램이었는데, 집중력 있게 잘 앉아 있을 수 있을까 걱정이 되었다. 한 번 겪고 나니 그다음도 걱정이 되었던 것 같다. 역시나 십 분 간격으로 화장실에 가고 싶다고 하는 대상자들이 있었고, 영화에는 집중할 수 없었다. 힘든 것보다 애틋한 마음이 들었다. 항상 마음이 뭉클했고, 더 따뜻하게 대하고 싶다는 생각이 들었다. 그래서 한 달에 한 번 가던 활동이 두 번, 세번, 나중에는 매주 토요일마다 봉사를 가게 되었다. 그때마다 들었던 말이 있다. "가지 마세요.", "선생님, 매일매일 같이 있으면 좋겠어요." 하고 대상자들이 해 주는 말 덕분에 정이 들어서 헤어지기 아쉬울 정도였다. 그렇게 봉사는 3년 내내 지속되었다. 사실 우리 집은 경기도 안성, 지방이었고 봉사를 다닌 곳은 부천이었다. 굉장히 먼 거리였지만 이런 의미 있는 시간 덕분에 멀다고 느끼지 못했다. 지금은 이것저것 핑계로 봉사 활동을 못 하고 있지만, 나중에는 자녀들과 꾸준히 봉사 활동을 하는 것이 꿈이다.

첫 번째는 내가 사람들에게 사랑을 주었다면 두 번째는 내가 사랑을 받은 것에 대한 이야기를 하고 싶다. 어린 시절부터 부모님께 많은 사랑을 받았다고 생각하지만 '정말 이런 것이 사랑이구나' 생각하게 되었던 것은 지금이다. 남편은 잘 표현하지 않는 것 같지만, 늘 사랑받고 있다고 느끼고 있다. 매 순간 오늘이 소중하다는 것을 일깨워 주는 사람이다. 다른 연애에서 가장 힘들었던 것은 꾸준함이었다. 그래서 어느 순간부터는 오랜 연애를 생각하기보다 미리 헤어질 정리를 하면서 사람을 만났던 것 같다. 상처받을까 걱정했기 때문이었던 것도 같다. 하지만 누구에게 받은 상처 때문인지는 정확하게 기억이 나지 않는다. 연애의 유통 기한은 3개월이었다. 왜 오래 만나지 못했을까? 그때는 대화의 방법도 잘 몰랐고, 어떻게 표현해야 할지도 몰랐다. 그렇게 아주 얇은 감정을 '연애'라고 불렀다.

직장인이 되고 조금 달라질 줄 알았다. 첫 직장에 들어가서 했던 연애는 내 생애 최악이었다. 결혼할 줄 알았고, 순수하게 다 믿었다. 많은 사랑을 받았다고 생각했고, 가족들에게도 성실하게 잘했던 사람이었다. 하지만 무슨 일인지 그 사람이 하던 일들이 다 어그러지고 잘못되면서 오히려 결혼하자고 압박을 해 왔다. 그러던 어느 날, 구치소에 수감되었다는 소식을 들었다. 법원에서 통지서가 왔는데 확인을 하지 않았다는 이유였다. 한 달 동안 뒷바라지를 했는데 구치소에서 나온 다음에는 삶이 더 힘들었다. 얼굴을 볼 수 없었고, 매일같이 막노동을 나갔다. 사실 무슨 일을 하는지 정확하게 알 수도 없었다. 연락도 잘 되지 않았고 답답한 나날이 늘어 갔다. 불안감에 헤어질 결심을 하기 시작했다. 혼자 정리하고 혼자 마무리했다. 덜 상처받기 위해 선택했다고 생각했는데, 상대방도 비슷한 상황이었다. 그렇게 자연스럽게 헤어졌다.

남편하고의 만남은 예전 연애와는 조금 달랐다. 빨리 헤어져야겠다는 생각을 했던 때는 연애 초창기였고, 그 이후로는 서로를 이해하고 소통하면서 헤어짐에 대한 생각이 줄었다. 우리의 연애는 2040일째 현재 진행형이다. 지금은 부부가 되었지만, 긴 시간을 함께하면서 맞지 않는 부분도 있고 힘든 부분도 많았다. 하지만 우리가 연애를 오래 할 수 있던 이유는 서로를 이해했기 때문이다.

내가 원하는 방향대로 상대방을 만들어 가려고 할 때가 있었다. 그럴 때 상대는 비뚤어지고 마음이 불편해지기 마련이다. 받아들일 수 있는 부분은 받아들이고, 그렇지 못한 부분은 솔직하게 이야기하면서 맞춰 가는 부분이 잘 맞았던 것 같다. 남편은 사소하지만 작은 요구도 적극적으로 들어주는 편이었다. 말로 표현하는 성격은 아니었지만, 항상 행동으로 보여 주었다. 싫어하는 행동은 다음부터는 절대 하지 않았다. 남편은 심성이 굉장히 순한 사람이다. 진지하게 이야기를 나누면 수용적으로 들어 주려고 노력한다. 연애 초반에는 단순히 알려 주는 대로만 잘하는 사람이었다. 나중에는 스스로 해야 할 일을 찾아서 하는 사람이 되었다. 한 사람만의 노력으로 관계가 형성되는 것은 아니다. 소통은 분명 서로의 노력이 필요하다. 소통하기 위한 노력은 상대방과 다른 점을 채우기 위한 방법이 된다.

좋아하는 가사가 있다.

'지금 난 배워 가오. 사랑하는 방법을. 당신을 존중하겠소.'
'조금은 어색해도 지금 난 배워 가오. 사랑받는 방법을.'

남녀 간의 사랑에서도 서로 사랑을 주고받는 것을 배워야 한다는 것을 이해하게 되었다. 주는 것만이 좋은 것만은 아니다. 받는 것도 배우고 감사할 줄 알아야 한다. 위 두 가지 경험을 하면서 어떻게 사랑을 주어야 할지, 어떻게 사랑을 받으며 살아가야 할지 생각하게 되었다. 학창 시절의 내 모습은 내 방식대로 사랑하는 사람이었다. 지금은 상대방을 들여다보고 어떤 사랑을 원하는지 상대방의 입장에서 생각한다. 옳고 그름은 없지만, 사랑이라는 것은 혼자 할 수 없는 것임을 독자와 함께 나누고 싶다.

4장

현재를
즐겨라

일을 즐길 줄 아는 자, 흥해라!

김진주

자신이 좋아하는 일과 잘하는 일은 다르다. 좋아하는 일이 있어도 생활이 어렵다면 잘할 수 있는 일을 먼저 해야 한다. 힘은 들었지만 즐겁게 했던 일이 있었다. 물론 지금은 그 일은 하고 있지 않다. 기회가 된다면 언젠가는 다시 도전하고 싶은 일이다.

20대 중후반에 어른들을 상대로 치매 예방 교육을 1년 넘게 했다. 그때만 하더라도 치매 예방 교육 받기를 꺼리는 분이 많았다. 지금은 이 분야가 잘 알려져 있고, 노인 대학이나 문화센터에서도 교육을 다양하게 진행하고 있다. 치매 예방 교육을 하려면 교육을 받고 실습이 끝난 뒤 수료증을 받아야 했다. 교재를 바탕으로 강의 연구도 하고, 다른 사람 앞에서 연습도 많이 했다. 처음에는 홍보를 위해 경로당과 마을회관을 다니면서 체험 수업을 다녔다. 정식으로 강의하려면 대한노인협회에서 면접을 보고 합격을 해야 가능했다. 실습이 끝나고 공백이 생기면 안 될 것 같아 합격 결과가 나올 때까지 경로당에서 체험 수업을 했다. 경로당과 마을회관 등에 교육을 다녔다. 물론 전부 강의료를 받지 않았다. 돈보다 교육하는 시간이 너무 기다려졌다. 그렇게 면접 결과가 나오는 한 달 가까이 무료 교육을 다녔다.

합격 소식을 들은 후부터, 본격적으로 일을 시작했다. 지역별로 센터가 있었는데, 강의료를 받고 개인 교육도 했다. 잠을 줄여 가면서 자료 준비를 했다. 강의하면서 들었던 생각은 내가 당연하게 생각하는 부분이 어떤 사람에게는 당연하지 않다는 것이었다. 그중 하나가 한글이었다. 경로당에 있는 어르신 중 10명 중 3~4명은 한글을 제대로 몰랐다. 자신의 이름을 쓰지 못하는 분들도 경로당마다 한두 명은 있었다. 한글보다 일본어가 더 익숙하다고 하시는 분들도 간혹가다가 보였다. 강의 횟수를 거듭할수록 한글도 알려 줘야겠다는 생각이 들었다. 즐겁게 배울 수 있는 한글 공부 교구들을 만들었다. 한글을 배우고 싶다는 어른들에게 알려 줬다. 여유가 많지 않았기 때문에 30분 정도만 한글을 알려 준 부분이 지금까지도 후회된다.

치매 예방 교육 교재에 있는 내용도 인터넷이나 책을 찾아 연구했다. 그래도 어르신들이 말하면 그게 어떤 내용인지 알고 있으니 대화하는 데 거리낌이 없었다. 나에게 주어진 한 시간이 너무 소중했다. 힘든 시간도 많이 있었다. 강의하면서 제일 힘든 강의가 첫 강의

이다. 처음 강의에 가면 '재미있게 해 줘라', '노래나 부르고 끝내자', '다 늙어서 무슨 공부를 하냐', 이런 말들이 많이 들린다. 돌아가면서 인사를 하고 가볍게 손 율동을 하면서 첫 강의를 시작했다. 수업 방향과 일정을 말하고 자기소개하면 30분은 금방 지나간다. 아무래도 어른들 상대로 하는 교육이다 보니 집중력에 한계가 많다. 몸이 불편하거나 아프신 분들이 많아 움직임이 큰 동작은 제한적이다. 그럴 때는 앉아서 할 수 있는 간단한 운동을 하는 게 좋다. 중간에 집중력이 흐트러질 때 한 번씩 노래를 틀면 강의를 할 때 도움이 됐다. 노안 때문에 글을 보는데 힘들어하는 어른들이 많다. 하지만 강의 횟수가 거듭될수록 강의를 좋아하는 분들이 늘어났다. 자식들도 알려 주지 않는 공부를 선생님이 알려 준다고 좋아하는 분들도 많았다. 그런 말을 들을 때마다 '내가 이런 말을 듣기 위해서 열심히 했다'라는 생각이 들었다.

기억에 남는 할머니가 있다. 처음 만났을 때는 나이 먹고 무슨 공부냐면서 듣지 않았다. 강의할 때마다 다른 어른들을 방해했다. 3번째 수업부터 할머니의 태도가 적극적으로 변했다. 맨 앞자리에 앉아 있는 모습을 보고 마음속으로 '강의 분위기만 흐리지 않았으면 좋겠다'라고 생각했다. 갑자기 왜 적극적으로 변했는지 의아함이 남았지만, 묻지는 않았다. 다음 수업에는 적극적이지 않을 거라고 생각했다. 하지만 다음 시간에도 어김없이 적극적인 태도를 보였다. 강의를 마치고 가는데, 할머니가 나를 붙잡더니 한글을 알려 줄 수 있냐고 물어봤다. 손주들한테 편지를 써 주고 싶다고 했다. 다음 수업부터 30분 정도 할머니에게 한글을 알려 줬다. 그렇게 한 달 정도 지났다. 평생 한글은 못 배우고 죽을 줄 알았는데, 이제 이름도 쓰고 손자들에게 짧게나마 편지도 쓴다고 고마워했다. 그 말에서 너무 진심이 느껴졌다. 배운 한글을 까먹지 않으려고 매일 한글을 연습한다는 말이 감동이었다. 사소하게 생각했던 이 일이 너무 대단하게 느껴졌다. 내 행동과 말 한마디가 다른 사람에게 좋은 영향을 줄 수도 있다는 생각이 들었다. 그 뒤로는 더 열심히 강의 준비와 한글 교육 준비를 했다. 시간이 흘러 어느 날, 할머니가 나에게 마지막 인사를 했다. "다음 교육에는 안 와요?"라며 웃으며 물었다. 할머니가 긴장한 표정으로 대답했다. "처음에 수업 방해해서 미안해요. 한글을 몰라서 창피해서 그랬어요. 3일 있다가 병원에 검사받으러 갑니다. 조심히 가요."라고 말했다. 내가 더 감사하고 다음 교육 때 꼭 만나자고 했다. 다음 교육 시간, 할머니가 보이지 않았다. 전날에 돌아가셨다고 했다. 나에게 검사하러 간다는 날이 수술 날짜였다. 할머니는 어느 정도 짐작하고 마지막 인사를 한 것 같다. 수술받다가 돌아가셨다고 했다. 그날 수업은 무겁게 마쳤다. 강의가 끝나고 장례식장을 찾아갔다. 할머니의 사진을 보고도 믿기지 않았다. 지난주만 해도 건강해 보였고 웃으며 대화했는데 말이다. 인사를 하고 혼자 앉아 있으니 가족 중 한 분이 와서 누구냐고 물었다. 경로당 치매 교육을 했던 사람이라 말했다. 내 말을 들은 가족분이 만나고 싶었다고 했다. 할머니가 어느 순간부터 웃음이 많아지고 공부를 열심히 하길래 물어보니 경로당에서 공부한 이야기를 해 줬다고 한다. 공부하는 그 시간 동안 행복해하셨다고 말해 줬다. 인사를 마치고 나왔다. 운전석에 앉아 장례식장 입구를 보니 가슴이 먹먹했다. 아직도 할머니 얼굴이 생각난다.

　개인 사정으로 인해 계속하지 못했지만, 시간이 흘러 한 번의 기회가 있었다. 첫 출산을 하고 30일 정도 됐을 때 같이 일했던 센터장한테 연락이 왔다. 문화센터에서 치매 예방 교육을 하라는 제의가 왔다. 너무 하고 싶었지만, 어린아이가 있었기 때문에 포기했다. 지금이라도 기회가 생긴다면 한 번쯤은 다시 도전하고 싶다. 살면서 행복했던 적이 언제냐고 물었을 때 고민 없이 '치매 예방 교육을 했을 때'라고 말할 수 있다. 좋아하는 일을 한다는 것은 축복받은 일이다. 나에게는 어르신들을 만나는 시간이 그랬다. 적어도 그 시간만큼은 힐링하고 온 기분이 들었다. 교육하러 갔지만, 받는 게 더 많았다. 좋아하는 일을 할 때 비로소 내가 살아 있음을 느낀다.

알로 색소폰에 빠지다

김창범

"김 청장, 지금 어디쯤인가?"

색소폰 동호회 'MT70' 고봉기 회장으로부터 전화가 왔다.

"네, 지금 가고 있어요. 금요일 저녁이라 차가 많이 밀리네요."

통화 중인 핸드폰을 통해 정겨운 색소폰 소리와 함께 시끌벅적한 소리가 들린다. 오늘은 색소폰 동호회에서 1박 2일 야유회가 있는 날이다. 장소는 휴양지로 잘 알려진 화성시 소재 궁평리 솔밭이다.

2009년, 나는 권선1동장으로 재직 중이었다. 동사무소는 현충탑 맞은편 도로변에 있는 아담한 건물이다. 건축한 지 오래되어 몇 군데 증축한 흔적이 뚜렷이 보인다. 12월 초 순경 어느 추운 날이다. 10여 대 정도 주차할 수 있는 주차장에서 '사랑의 김장 담그기' 행사가 한창이다. 해마다 연말이 되면 어려운 이웃을 돕기 위해 열리는 큰 행사다. 두 개의 푸른색 천막이 나란히 세워져 있고, 그 안에 사람들의 손길이 분주히 움직이고 있다. 비닐이 깔린 탁자 주변에 부녀회원 등 봉사자들이 빙 둘러서 있다. 탁자 군데군데 소금에 절였던 배추가 쌓여 있고, 그 중간중간에 뻘겋게 버무려진 양념이 함지박에 담겨 있다. 흥얼거리는 노랫소리도 정겹게 들린다. 추위를 녹이기 위해 준비한 커다란 드럼통엔 장작불이 활활 타고 있다. 바비큐 통 석쇠 위에는 돼지고기가 노릇노릇 구워지고 있다. 건물 뒤편에서는 수육을 삶는 부녀회원들의 웃음소리가 들리고, 고기 냄새는 코를 자극한다. 한쪽에서는 걸쭉한 말을 주고받으며 연실 막걸리잔을 부딪히는 소리가 난다. 통장과 봉사자들은 입가에 묻은 막걸리를 손으로 쓱 훔치며 커다란 웃음들을 연실 쏟아 낸다. 추운 겨울이라 입에서는 하얀 입김이 나오지만, 주차장은 열기로 가득하다.

비닐에 담긴 20kg 정도의 김치가 스티로폼 박스에 담기며 한쪽에 차곡차곡 쌓인다. 오후가 돼서야 행사가 마무리되고, 동사무소 2층 회의실에 다 모여 앉았다. 따끈한 믹스커피를 한 잔씩 손에 들고 의자에 빙 둘러 앉았다. 서로 격려하고 덕담을 나누며 회의실은 금방 동네 노인정 같은 분위기로 바뀐다. 참 정겹고 좋은 분위기이다. 주민자치위원장이 격려의 말과 함께 연말 송년회 행사 이야기를 시작한다. 어떻게 진행하면 좋을지에 대한 의견들이 이쪽저쪽에서 나온다. 주민자치센터 프로그램 중에서 풍물 농악, 시니어 댄스, 밸리댄스 등을 무대에 올리자고 한다. 단체별 노래자랑 이야기도 나온다.

나도 제안을 했다. 관내에 색소폰 동호회가 있는데 초청 연주를 부탁하면 어떻겠냐고.

관내 '한울림'이란 색소폰 동호회가 있었다. 지하실에 있는 동호회는 동사무소에서 약 3분 정도의 거리에 있었다. 들어가 보지는 않았지만, 관내 출장 다닐 때 가끔 색소폰 연주 소리를 듣곤 했었다. 회의를 마친 그다음 날 오후에 한울림 동호회를 찾아갔다. 계단을 따라 내려가니 색소폰 소리가 크게 들렸다. 크지 않은 지하실에 8개 정도의 칸막이 방이 있었다. 그 방 안에서 색소폰 연주하는 소리가 흘러나온다. 귀에 익은 대중가요가 색소폰에 실려 정겹게 들린다. 가운데 소파와 난로가 놓여 있었다. 관내 동사무소 동장이 왔다며 회장이 반갑게 맞이해 준다. 방문 목적을 이야기하고 쾌히 승낙도 받았다. 연말 관내 어느 예식장에서 봉사자들을 위한 송년회가 열렸다. 다양한 프로그램 중에 색소폰 초청 연주는 단연 최고의 인기를 얻었다. 색소폰과의 인연이 그렇게 시작되었다.

해가 바뀌고, 1월 하순경부터 한울림 동호회 임원이 번갈아 가며 찾아왔다. 동호회에 가입해서 함께 색소폰 취미 활동을 해 보자고 하는 것이다. "네, 알았습니다. 생각해 볼게요."라며 차일피일 미루기 시작했다. 일주일에 두세 번 찾아오는 동호회원들의 성의에 2010년 4월 30일 드디어 회원 가입을 하고 색소폰을 시작했다. 지역에 있는 세기 악기사에서 50만 원 주고 중고 알토색소폰을 샀다. 지금은 생산되지 않는 '야마하 AS100'이란 악기였다. 동호회에 첫 연습

날, 무척이나 쑥스럽고 어색했다. 사실 그때까지만 해도 색소폰 연주 분위기 자체를 좋아하지 않았다. 운지법, 호흡법 등 아주 기초를 하나하나 배우기 시작했다. 퇴근하면 무조건 동호회를 찾았다. 기존 회원들이 번갈아 가며 정성껏 가르쳐 주었다. 관내 동장이란 직함 덕을 톡톡히 봤다. 이왕 시작한 거 정식으로 더 배워야겠다며 수원 영통구에 있는 색소폰 학원에 등록했다. 하루 일을 마치고 저녁을 먹고 학원에 가면 보통 9시 정도가 되었다, 교재 순서대로 열심히 배우고 따라 했다. 학원의 연습실 사용은 밤 12시까지 허락되었다. 원장도 퇴근하고 혼자 연습하다 학원 문을 잠그고 나오는 일이 많았다. 생각보다 재미도 있었다. '과수원 길'이란 동요는 기초 연습 후 처음 연주해 본 곡이었다. 2010년 말, 나는 시청 과장으로 보직 이동을 했다. 나의 색소폰 연습은 계속되었다. 그 후 대중가요 등도 조금씩 배워 갔다. 그 후 몇 년이 지난 2013년부터 지금까지 다니고 있는 'MT70'이란 동호회 회원이 되었다. 좋아하는 연주곡도 많이 늘어났다. '이등병의 편지', '날개', '만남', '넬라 판타지아', '여러분', '나 그대에게 모두 드리리', '사랑을 잃어버린 나', '창밖의 여자' 등 참 좋아하는 곡들이다. 한여름밤이면 팔달산 성곽 주변에서 동호회원들끼리 길거리 연주도 했다. 색소폰은 이제 가장 좋아하는 취미가 되어 있었다. 주말이든 휴일이든 특별한 일이 없으면 동호회에 가서 연주도 하고, 회원들과 즐거운 일상 이야기도 나누었다.

밤 9시가 훌쩍 넘어서 궁평리 솔밭 유원지에 도착했다. 여름밤이어서인지 궁평리 백사장에는 사람들로 붐볐다. 휴가철 바닷가의 모습 그대로였다. 번개탄과 장작 타는 냄새가 뒤섞인 고기 냄새, 색소폰 소리, 사람들의 왁자지껄한 소리. 솔밭 백사장엔 사람들로 붐비고 있었다. 바닷가 밤하늘엔 별이 유난히 밝았다. 장작불과 바비큐 통에서 나오는 연기가 가로등 불에 비쳐 하늘로 올라가고 있다. 고기 굽는 냄새와 호쾌한 웃음소리가 금요일 밤을 실감케 했다. 펜션들이 있는 쪽으로 가니 색소폰 소리가 크게 들리기 시작했다. MT70 동호회 고봉기 회장과 회원들이 반갑게 맞아 준다. 벌써 술잔이 오갔는지 식탁 위엔 빈 소주병과 막걸리병이 즐비하다. 식탁에 둘러선 회원들 사이로 들어가니 술 냄새가 진동한다. 백사장에 차려진 식탁에는 술안주를 포함해 맛난 음식들이 그득했다. 배가 고파 정신없이 먹었다. 한여름밤 백사장에서 밤하늘에 별을 보며 먹는 음식 맛은 남달랐다. 한창 먹고 있는데, 옆에 차려진 무대에서 "김창범 씨, 색소폰 가지고 나오세요."라는 마이크 소리가 들린다. 무대 위엔 커다란 스피커가 놓여 있었다. 전기 기타도 놓여 있었다. 색소폰을 목에 걸고 무대에 올랐다. 갑자기 떨려 왔다. 사회자가 소개한다. 이번에 연주할 분은 공직에 오래 몸을 담고 있는 사람이다. 직책은 수원에 팔달구라는 곳에 구청장을 하고 있다며 소개를 하는데, 몸이 굳어 오는 것 같았다. 어색하고 쑥스럽고 뭐라 표현키 어려운 감정에 휩싸였다. 나를 알아보는 사람이 있는지 백사장에 앉은 사람들 속에서 "저 사람 봤어. 나 저 사람 알아." 하는 소리가 들린다. 가슴이 쿵쾅거린다,

사회자의 안내에 따라 조용필의 '창밖의 여자'와 유심초의 '사랑이여'라는 노래를 연주했다. 떨려서인지 손가락이 굳어 운지도 제대로 되지 않았다. 미세한 손 떨림도 느껴진다. 백사장에 모여 여름밤을 즐기고 있는 사람들의 웅성거리는 소리가 더 떨리게 하는 것 같다. 스피커를 통해 색소폰 소리가 잘 나는지도 궁금했다. 그렇게 2017년 한여름밤, 궁평리 백사장에서의 연주는 끝났다.

좋아하는 노래를 색소폰으로 연주하는 즐거움은 나이가 들어 가면서 더 깊어져 갔다. 2019년에는 '고등학교 졸업 41주년 및 회갑 기념' 총동문회에서 친구들과 함께 축하 연주도 했다. 혼자 있고 싶을 때, 기쁠 때, 때론 힘들 때도 색소폰은 늘 옆에 있다. 내가 살아온 이야기 중에 색소폰 이야기를 쓸 수 있다는 생각을 하면 미소가 저절로 지어진다. 남들 앞에서 나를 표현하는 게 무척이나 서투른 성격이지만 색소폰이 나를 드러낼 수 있게 도와준다. 나이 들어 악기 하나쯤 다룰 수 있음에 감사하다. 스마트폰에 내장된 유튜브를 켜고 허영란의 '날개'라는 색소폰 연주곡을 선택했다.

'일어나라, 아이야. 다시 한번 걸어라. 뛰어라, 젊음이여. 꿈을 안고 뛰어라.'

취미 중에 네가 최고야

문숙정

부모님은 1남 3녀를 기르면서 예체능을 가르치기에는 가정 형편이 넉넉하지 않았다. 부모님은 첫째 딸과 하나밖에 없는 아들에게 집중한다고 생각했다. 샘 많고 질투 많은 나는 어릴 때부터 차별에 항의했고, 성질 나쁘고 말대답하는 둘째 딸이었다. 어른이 되어서 배우고 싶은 것 다 배울 거라고 다짐했다. 돈을 벌기 시작하면서부터 유화를 배웠고, 시립전시회에서 상도 받을 정도의 실력까지 쌓을 수 있었다. 그림은 우울한 30대를 보낼 때 마음을 달래는 도구였고, 물감을 사서 모으기도 하고, 전시회도 많이 다니며, 그림이 최고라고 생각했었다. 어릴 적 배우고 싶었던 가야금도 배우고, 수영도 배우고, 규방 공예와 천 아트도 하면서 어릴 때 한을 풀 듯 배울 수 있는 건 다 배우려고 했었다.

그런데 아빠와 막내 이모부가 골프와 수영이면 전 세계 어디서도 할 수 있다고 했다. 크루즈에서도 할 수 있다며 괜히 다른 것 배운다고 시간 보내지 말고 골프를 하라고 권하셨다. 부르주아나 하는 운동이라고 안 한다고 했다. 한참을 지났을 때 주변의 사람들이 모두 골프를 하고 있었다. 같이 하고 싶은 마음에 나도 골프 앞으로 한 발짝 가게 되었다.

연습장에서의 6개월은 너무 재미가 없었다. 요즘은 한 달 완성도 있던데 그때는 공만 맞추는 똑딱이를 3개월, 반 스윙 배우는 데도 3개월이었다. 풀스윙에 들어가지도 않았는데 친구 따라간 스크린 골프는 재미있었다. 연습장은 때려치우고 내 맘대로 스크린 골프로 대충 룰과 풀스윙을 익혔다. 친구들이랑 스크린에서 노는 것이 지겨울 때쯤, 첫 번째 필드를 나가게 되었다. 어렵다는 정산 cc에서 이백 개 정도 치고 온 것 같았다. 공은 땅에서 기어 다니고, 그린에서는 퍼터로 그림 그리듯이 이쪽저쪽 열심히 다녔다.

초보는 걱정하는 곳으로 공이 간다더니 온갖 벙커에 볼이 다 들어가서 모래밭 구경에다 잃어버린 공의 개수가 몇 개인지도 기억이 안 난다. 공이 거리가 안 나니 계속 걸어 다녀야 했고, 초보는 뛰어다녀야 한다며 채근하는 친구들 덕분에 18홀 돌고 몸살이 나서 며칠 동안이나 앓아누웠다. 보기에는 키 크고, 허벅지 튼실하고 건강해 보여 골프 실력이 좋을 것 같다는 이야기를 매번 들었다. 하지만 외모와 달리 속으로 부실했고, 조금만 신경 쓰거나 피곤하면 온몸이 아파서 병원을 달고 살 때였다. 당연히 골프 실력도 엉망이었다.

외모와 실력이 다르다는 놀림 반, 걱정 반의 말을 자주 듣다 보니 골프가 싫어졌다. 그래서 한동안 골프채도 방에 넣어 두고 일만 열심히 했었다.

　나의 일은 항상 을로 살아야 하는 학원 원장이자 강사이니 속상한 일들도 많을 때였다. 성적이 좋은 아이들은 한번 가르치고 문제만 챙겨 주어도 되었는데, 10번을 반복해서 가르쳐도 성적이 안 오르는 경우는 학부모의 항의 전화를 받기 일쑤였다. 특강이나 보강을 정규 수업보다 더 많은 시간을 무료로 가르쳤는데도 선생님이 조금 더 신경 쓰셨으면 성적이 잘 나왔을 거란 이야기를 들을 때마다 스트레스로 병원 가는 날이 많아졌고, 몸은 점점 더 허약해졌다. 학원 운영을 하기 위해서는 학생들의 성적이 잘 나와야 하니 일을 더 많이 했다. 화장실을 가기 힘든 승무원들과 교사들이 많이 걸린다는 방광 질환까지 생겼다. 사는 지역에서 수술도 했었는데, 엄청난 출혈의 기억만 남기고 결국 수도권에 있는 대학병원에 매달 가서 약을 한 가방씩 받아 왔다. 일 년 넘게 치료해도 그다지 나아지지 않았을 때, 담당 선생님이 스트레스로 뇌에서 조절이 안 되는 것 같다고, 일도 줄이고 즐겁게 생활하라고 했다. 하지만 생계를 책임지고 있었고, 아이들이 대학생과 고등학생일 때였으니 꿈에도 생각하지 못했다.

　이야기를 듣고 있던 영경 언니와 소이 언니가 너는 너를 좀 챙겨야 한다며 점심때는 도시락도 가져다주었다. 억지로라도 운동해야 한다며 골프채를 다시 꺼내게 했다. 언니의 지인 덕분에 저렴한 가격으로 자주 골프장을 가게 되었다. 언니는 공을 못 치면 그냥 걷기라도 하라고, 그래야 건강해진다고 카트도 못 타게 했었다. 안 간다고 버티어도 인원이 안 맞는다고 항상 데리고 다녔다. 그렇게 일 년, 이 년이 지날 즈음엔 골프 폼이 훌륭하진 않아도 공은 앞으로 가고, 점점 실력도 좋아졌다. 계속 걸어 다녀서인지 작은아들이 하루는 엄마는 골프 갔다 오면 표정이 다르고 덜 아픈 것 같다고 했다. 골프장의 예쁘고 고급스러운 시설을 이용하면서 나의 허영심도 채워진 것 같다. 또 좋아하는 사람들하고만 재미있는 이야기를 하니 스트레스 관리에도 도움이 되었다. 점점 더 골프가 좋아졌다. 억지로 끌고 다닌 언니들에게 고마웠다.

　직업병으로 생긴 디스크와 협착에도 골프는 포기할 수 없는 지경이 되었다. 수술하는 선생님께 다리를 절어도 골프만 할 수 있게 해 달라고 사정했었다. 의사 선생님이 수술하고 2개월이면 골프장에 갈 수 있다는 말에 얼마나 좋았는지, 다 나은 것 같았다. 허리가 아프면 팔로 치면 되니 다른 곳이 부상당하지 않도록 준비 운동도 하고, 카트에서도 바른 자세가 중요하다고 했다. 디스크 수술 후에도 선생님이 가르쳐 준 대로 조심조심하면서 다시 골프를 시작했다. 지금도 골프장에 가는 걸 좋아한다. 수술 전과 수술 후에 골프 성적에 차이가 없이 90타대를 지키고 있는 것 또한 다행이다.

꿈이 뭐냐고 묻는 사람에게 한 달에 한두 번 골프 운동을 하는 예쁜 할머니가 되는 것이 꿈이라고 한 적이 있다. 골프는 경제적인 것과 체력적인 부분이 함께 있어야 하고, 같이하는 친구들이 있어야 하는 운동이다. 오래도록 골프장 가는 할머니가 되고 싶다. 심장을 죽였다가 살리는 수술인 관상동맥우회술을 한, 80이 넘은 아버지는 일주일에 2번씩 친구분들과 골프장으로 운동을 간다. 열심히 살아온 부모님이 노년에 다행히도 조금 넉넉하다. 아버지가 나의 롤모델이다. 그림보다 골프가 더 좋다. 골프를 좋아하는 이유 중에 또 다른 하나는 아버지랑 취미가 같아 둘이서 할 이야기가 많아진 것, 공통의 취미가 있다는 것이다. 얼마 전 조카까지 골프를 시작해서 3대가 골프 이야기로 소통도 하니 그것도 참 좋다. 아버지가 벚꽃 시즌에 제부랑 조카랑 나랑 같이 운동 가자고 한다. 가족이 함께할 수 있는 운동인데, 아들들은 골프에 흥미가 없다. 언젠가는 아들들과 라운드를 나가는 기쁨이 있길 소망한다. 취미는 즐거움을 주기도 하지만, 삶을 더 알차고 열심히 살 수 있도록 도와주는 마음의 에너지가 되어 준다. 가족이 함께할 수 있다면 더 좋을 것 같다.

낚시에서 찾은 소소한 행복

손수연

취미는 우리 삶에 색다른 즐거움을 선사한다. 특히 우리가 기대하지 않았던 취미에서 발견하는 즐거움은 더욱 특별하다.

낚시를 시작한 지 4년 차다. 낚시를 좋아하는 남편을 따라가 본게 시작이었다. 미끼를 던져 놓고 온종일 찌를 쳐다보는 정적인 낚시가 아니다. 활동적인 루어낚시다. 가짜 미끼를 사용하여 대상 어종을 유혹하는 낚시를 말한다. 다양한 방법으로 낚싯대를 움직이거나 라인(낚싯줄)을 감아야 하고 낚시하는 동안 몸을 계속 움직여야 한다. 그래서 스포츠 피싱(Sport Fishing)으로도 불린다. 그중에 가장 고난도의 낚시라고 일컫는 쏘가리 낚시를 즐긴다. 쏘가리 낚시는 대체로 흐르는 강에서 물살을 몸으로 지탱하고 이겨 내며 루어로 쉴 새 없이 유혹해야 한다. 흔히 낚시를 즐기는 사람들이 '손맛'이라고 한다. "낚시하러 가서 손맛 보고 와야지"라고 말하는 낚시인을 이해할 수가 없었다. 남편을 따라 처음 낚시를 갔을 때가 아직도 생생하다. 흐르는 강 속에서 낚시한다는 것만으로도 신기했는데, 직접 강에서 낚시해 보니 너무 즐겁고 몰입이 되었다. 쏘가리를 잡고 싶었다. 하지만 캐스팅(Casting: 루어를 낚싯대로 던지는 것)이 쉽지가 않았다.

낚시를 좋아하기 전에 했던 운동은 배드민턴이다. 남편은 처음 낚시를 가르쳐 주면서 낚싯대를 배드민턴 채 던지듯 가볍게 던지라고 했다. 하나하나 세심하게 무언가를 알려 주는 것을 잘한다. 남편은 낚시 프로다. 덕분에 나는 남들보다 낚시를 빠르게 터득하고 배우게 되었다.

초보이기는 하지만 점점 낚시에 빠져들게 되었다. 쏘가리를 낚았을 때의 신기하고 짜릿한 손맛을 잊을 수가 없다. 이래서 '손맛, 손맛' 하는구나 싶었다. 직접 경험해 보니 낚시를 좋아하는 사람들이 이해됐다. 쏘가리 낚시에 점점 재미가 붙었고, 낚시의 즐거움을 알아 가고 있다. 쏘가리는 갈 때마다 잡을 수 있는 쉬운 낚시가 아니다. 종일 물속에 있어도 입질 한번 받지 못할 때가 많다. 일급수에 사는 쏘가리의 특성상 맑은 자연 환경 속에서 낚시할 때가 많다. 가는 것만으로도 힐링이 된다. 일주일 내내 바쁘게 일하고 하루 정도는 쏘가리 낚시를 통해 쉴 수 있어서 좋다. 시간 가는 줄 모르고 집중하고 있는 나를 볼 때가 많다. 하다 보면 인내와 집중력도 키울 수 있다. '세월을 낚는다'는 표현처럼 마냥 즐겁다.

남편과 함께 즐기는 쏘가리 낚시는 일상의 소소한 행복이다. 우리 부부는 교육 관련 일도 같이하고 취미도 같다. 가끔 주변에서 "일도 같이하고 취미까지 같으면 무슨 재미로 살아?"라며 묻기도 한다. 사실 우린 그게 좋다. 취미가 같으니까 일할 때나 낚시할 때도 대화를 많이 나누는 편이다. 남편은 무슨 일이든 하나부터 열까지 잘 알려 주는 성격이라 싸울 일도 별로 없다.

남편과 같은 취미로 즐기는 낚시는 소소한 일상의 행복이다. 주말이면 남편과 쏘가리 동호회 회원들과 함께 낚시를 즐기곤 한다. 5년 전쯤, 금산 부리면에 시골집을 하나 마련했다. 종종 주말마다 회원들과 그곳에서 모임을 한다. 금산집에서 20분 거리에 있는 무주로 자주 낚시를 가는데, 무주는 물도 깨끗하고 공기도 맑아 낚시하기 좋은 장소다. 해 질 녘 무주 강가에서 낚시를 시작하면, 어느새 깜깜해진다. 쏘가리 낚시는 늦은 밤까지 계속할 수 있어 때로는 밤낚시의 매력을 만끽하게 된다. 처음에는 깜깜한 밤이 무서워 남편이 보이는 곳에서만 낚시할 수 있었다. 남편은 자신이 좋아하는 포인트에서 낚시하고 싶어 했지만, 나 때문에 항상 가까운 곳에서 낚시를 해야 했다. 시간이 지나면서 밤낚시에 익숙해지고 무서움도 점차 사라졌다. 이제는 혼자서도 밤낚시를 즐긴다.

남편이 운영하는 낚시동호회에서 올해 첫 시즌 기념으로 낚시 대회를 열었다. 2010년부터 2024년까지 14년간 함께 쏘가리 낚시를 즐긴 사람들과 친목을 도모하는 자리였다. 그들과 1박 하면서 쏘가리 대회를 열고, 맛있는 음식도 먹는 자리를 만들었다. 모임의 리더인 남편이 낚시 대회 세부 일정을 공유해 주었다. 상금도 푸짐했다. 우승팀에게 인당 20만 원씩 주어진다고 했다. 가장 큰 사이즈를 잡은 회원과 가장 많은 수를 잡은 회원이 우승을 차지하는 경기 규칙이었다.

일하면서 대학원 공부까지 하고 있던 터라 바빴지만, 낚시 대회에 참가하고 싶었다. 상금에 욕심이 났다. 도전하고 싶어 참가 신청을 했다. 이번에 참가한 회원은 총 10명이다. 모두 남자였고, 여자는 나 혼자였다. 낚시 시작은 오후 4시부터 밤 8시까지 4시간 동안이다. 대회 당일인 토요일 오전 9시부터 12시까지 대학원 수업이 있었다. 논문 수업으로 발표가 있는 날이었지만, 쏘가리 대회 참가할 생각에 들떠 있었다. 수업이 끝나자마자 부랴부랴 집으로 향했다. 남편은 내가 오기만을 기다리고 있었다. 편한 옷으로 갈아입고 낚시 장비를 챙겨 출발했다. 3시까지 충북 옥천 금강 포인트에 모였다. 대회 참가 회원들이 일부 도착해 있었고, 다른 회원이 모두 도착할 때까지 기다려야 했다. 기다리는 동안 챙겨온 물과 김밥을 먹었다.

회원들이 모두 도착했고, 남편은 간단한 규칙과 설명을 했다. 낚시 장비를 챙기고 웨이더(낚시할 때 입는옷)를 착용했다. 초콜릿과 물도 챙겼다. 낚시 시작할 준비를 모두 마치고 정해진 포인트로 향했다. 왠지 평소와는 마음가짐이 달랐다. 꼭 쏘가리를 잡아야겠다는 의지가 걸어가는 동안 생겼다. 드디어 포인트에 도착했고, 각자 서고 싶은 강가에 자리 잡기 시작했다. 나도 포인트 주위를 살피고 강가에 섰다. 전투가 시작된 것처럼 모두 집중하며 캐스팅을 하기 시작했다. 좀처럼 쏘가리는 물지 않았다. 계속해서 쉬지 않고 캐스팅을 했다. 다른 회원들이 쏘가리를 잡을까 봐 조바심이 났다. 누가 먼저 쏘가리를 잡을까 신경이 쓰였다. 역시나 다른 회원이 먼저 첫 쏘가리를 잡았다. 나도 질세라 캐스팅을 계속해서 던지고 또 던졌다. 드디어 나도 마수를 했다. 사이즈는 작았지만, 첫 쏘가리를 잡은 손맛은 짜릿했다. 혼자서 전략을 세웠다. 크기로 우승하기보다 숫자로 우승에 도전하기로 마음먹었다. 드디어 두 번째 손맛까지 보았다. 기분이 날아갈 듯 좋았다. 우승할 것 같은 생각이 들었다. 잡은 쏘가리는 꿰미에 걸어 놓고 계속해서 쏘가리 잡기에 집중했다. 여기저기에서 쏘가리 잡았다는 함성이 터져 나왔다. 긴장감이 들었다. 시간도 많이 흘렀고 어둑해졌다. 시간 가는 줄 몰랐다. 캐스팅을 쉴 새 없이 던졌지만 더는 잡지 못했다. 아쉬움이 밀려왔고, 경기가 종료되었다. 아쉬움이 컸지만 2마리 잡은 것으로 끝이 났다. 흩어져 있던 회원들이 한자리에 모였다. 가장 큰 사이즈는 4자를 잡은 회원이 있었고, 마릿수는 8마리를 잡은 회원이 우승을 차지했다. 우승한 회원들에게 박수를 보내며 축하를 해 줬다. 비록 2마리에 그쳤지만 4시간 동안 쏘가리를 잡으려고 최선을 다했다. 잡은 쏘가리는 다시 강가에 살려 주고 우리는 주차해 놓았던 곳으로 나와 웨이더를 벗고 정리를 했다. 차에 올라타니 배가 고프기 시작했다. 회원들 모두 금산집으로 모여 저녁을 먹기로 했다. 마트에서 장을 보고 삼겹살 파티로 저녁을 먹기 시작했다. 낚시 대회 이야기로 시간 가는 줄 몰랐다.

매일 바쁘게 일하고, 대학원까지 다니면서 시간에 쫓길 때가 많다. 좋아하는 낚시를 통해 충전하면 한 주를 시작할 때 오히려 일의 능률도 오르고 행복 지수도 높아진다.

이렇듯 취미는 우리에게 삶의 작은 휴식을 제공하고, 일상의 스트레스에서 벗어나 재충전할 수 있는 시간을 준다. 좋아하는 일을 통해 자신의 열정을 발견할 수 있다. 현재를 즐기고 삶에서 진정한 행복을 찾으려면 때로는 멈춰 서서 주변을 둘러보고, 자신이 진정으로 좋아하는 것이 무엇인지 찾아보는 시간을 가져 보는 것이 필요하다. 취미는 시작점이 될 수 있다. 낚시가 나에게 그렇듯이.

취미를 시작하거나 평소 시도해 보지 않았던 활동에 도전해 보기 바란다. 이 과정에서 자신만의 소소한 기쁨을 발견하면 예상치 못한 아름다운 순간들을 맞이할 수 있을 것이다.

컬러풀 라이프

신윤정

내가 처음으로 접했던 미술 도구는 크레파스였다. 그림을 잘 그리진 못했으나 색칠하는 것을 좋아했다. 컬러링북에 색칠하면 시간 가는 줄 몰랐다. 어릴 때 유행했던 종이 인형의 옷을 만들어 코디하고, 학급 친구들에게 줄 크리스마스카드 수십 장을 만들며 즐거워했다. 노트 한 장 한 장에 그림을 그려 넣고 멋진 글귀를 곁들여 좋아하는 사람에게 선물하며 뿌듯해하기도 했다. 학교 다닐 때 포스터 그리기와 미술대회 상장을 여러 번 받으면서 자신감도 올라가고, 더욱 흥미를 갖게 되었다. 고등학생 때는 주말만 되면 종로 부근에 있는 개인 화랑과 미술 전시회를 찾아다니며 작품을 해석해 보려고 애를 썼던 기억도 있다. 미술을 전공해 보고 싶은 생각도 있었다. 하지만 예술은 늘 창작해야 한다는 부담감이 있었다. 게다가 아주 뛰어난 편도 아니어서 무모한 도전을 할 수는 없었다. 그래서 미술

학원에 다닌 것으로 만족하며 단념했었다. 그렇게 한참을 잊고 살았다.

　이메일이 도착했다. 광고성 메일이라고 생각했지만 '컬러'라는 단어에 꽂혔고 내용을 자세히 읽어 보게 되었다. '컬러리스트'에 대한 소개 글과 함께 자격증 안내가 있었던 걸로 기억한다. 국가공인자격시험으로 2002년 새로 인가받은 자격증이었다. 그 당시 우리나라에는 '컬러리스트'라는 직업이 없었고, 보통은 디자이너들이 휘뚜루마뚜루 겸해서 하고 있던 포지션(positon)이다. 자격을 취득한다고 해도 당장 일과 연결 고리가 될 순 없었다. 그래도 며칠 동안 그 내용이 머릿속에서 사라지지 않았다. 결국 교육받을 수 있는 기관을 찾아보았고, 혜화동에 있던 '홍대 색채 교육원'에 등록하게 되었다. 그러나 아직 교육 체계가 잡혀 있지 않았다. 별 도움 안 되는 커리큘럼에 실망해서 독학을 시작했다. 필기시험을 통과해야 실기시험을 볼 수 있었다.

　매일 머리맡에 책을 두고 눈만 뜨면 시험 공부를 했다. 신기하게도 지겹지 않고 몰입하게 되었다. 어딘가에 집중해서 이렇게까지 빠져들었던 적이 얼마 만이었던지. 지금까지도 그런 기억은 많지 않다. 무언가를 열심히 하면서 느끼는 뿌듯함과 성취감이 기분을 좋게 만들었다. 그렇게 짧은 기간 안에 필기시험에 합격했고, 실기시험을 위한 스터디에 가입했다. 물감과 미술 도구를 준비하는 과정이 다시 어릴 적으로 돌아간 것 같아 흥분되었다. 필기보다 훨씬 어려웠던 실기는 꾸준한 노력과 인내가 필요했다. 스터디는 이화여자대학교의 빈 강의실에서 이루어졌다. 이대까지 교통이 불편하여 무거운 도구들을 들고 매번 왕복하는 일이 쉽지는 않았다. 참여하는 사람들은 나와는 달리 대부분 미대 출신이거나 디자인과를 다니는 사람들이었다. 그 때문에 기가 죽기는 했지만, 개의치 않기로 했다. 미적 감각은 어느 정도 타고나는 것이라 믿었기 때문이다. 스터디의 리더가 아직도 많이 생각난다. 그야말로 색채 쪽으론 타고난 사람 같았고, 정확한 피드백을 해 주는 모습은 전문가의 포스가 느껴지기도 했다. 꼭 한번 다시 만나 보고 싶은 사람 중 한 명이다. 매주 3일은 공부를 위해 모였고, 항상 과제가 있었다. 덕분에 집에 와서도 늘 밤을 새우며 색을 만들고 칠하기를 반복했다. 책상이 비좁아 큰 상을 펴 놓고 구부려 앉아서 하느라 무릎이 많이 아팠다. 그러나 몰입하는 시간이 오롯이 나를 느낄 수 있는 시간이기도 했다.

다음 날이 시험이었다. 요즘은 색종이로 배색을 하는 것으로 알고 있는데, 예전의 시험은 도화지에 색칠하여 컬러 칩을 직접 만들어야 했다. 시험 당일 새벽 5시까지 그 작업하고 연습을 했다. 당시 만나고 있던 남자 친구는 미대를 다니고 있었고, 본인 전공에 대해 우쭐해했다. 나를 도와주겠다며 컬러 칩을 같이 만들었으나 실망감만 안겨 주었다. 미대를 다니는 친구라 붓질은 수준급이었으나, 조색의 정확도는 떨어졌다. 이제야 하는 말이지만 그때 그 친구가 만들어 놓고 간 칩은 모두 버리고 시험장에 갔다. 잠을 한숨도 못 자고 갔지만 시험은 잘 치렀고, 한번에 합격하여 컬러리스트가 되었다. 함께 스터디를 했던 사람들 중에 미술 전공을 하고 있던 사람이 오히려 여러 명 떨어졌다. '무엇을 전공했냐'보다는 '내가 하는 것을 얼마나 즐기고 있느냐'에 따른 결과인 것 같았다. 노력하는 사람은 즐기는 사람을 이길 수 없다.

목표를 가지고 그것을 이루어 내는 모든 과정이 즐거웠다. 물감으로 조색하고 종이나 도안에 색을 입히는 과정은 내 안에 있는 감성을 표현하는 일이었다.

그 후, 성수동에 있는 스튜디오에서 슈즈 색채 디자인을 배웠고, 나만의 신발을 디자인하고 샘플을 하나씩 만들어 갔다. 성수동 공장에서 신발 장인들을 만나 보기도 하고, 패턴 실장님들과 친분을 쌓기도 했다. 성수동 구석구석을 다니며 구두의 코 모양을 공부하고 리얼 가죽과 합성피혁, 다양한 굽까지 직접 체험할 수 있었다. 그런 노력은 이후 일본의 슈즈 총판 회사에서 컬러리스트로 일할 수 있는 밑거름이 되었다. 거의 매일같이 시장 조사를 다니고 직접 신어 보기도 하면서 남들보다 한 발 앞선 디자인을 발굴해 낼 수 있었다. 일하면서 다채로운 컬러를 경험하고, 특이한 상품들을 접할수 있는 것도 큰 즐거움이었다. 그중에서도 색의 배색이 잘 되어 있는 제품들이 눈을 즐겁게 했고, 그 조합을 알아보는 나 자신에게도 희열을 느꼈다.

또, 친한 지인들의 광고 일을 돕는 스태프로도 참여했었다. 화보 촬영을 위한 배경을 만들기도 하고, 식당의 벽화를 칠하기 위해 페인트 조색을 하기도 했다. 색이 마르고 몇 번의 덧칠을 해야 끝나는 작업이라 고되기도 했지만 그때 역시 즐거웠다. 때로는 인테리어 하는 언니의 일을 도와주기도 하며 미화와 관련된 일을 쭉 해 오고 있었다.

이후 '퍼스널 컬러'를 더 배우고, 이를 이미지 메이킹에 접목하여 강의 범위를 넓혀 갔다. 제품과 공간이 아닌, 사람의 컬러를 공부하게 된 것이다. 사실 퍼스널 컬러는 오래전부터 있었지만, 대중화된 것은 최근 몇 년 사이이다. 퍼스널 컬러를 연구하면서 색에 대해 다시 한번 깊이 있게 공부하게 되었고, 이는 나의 행복 호르몬을 높이는 소중한 시간이 되었다. 그 후, 그 분야의 전문가인 대표님을 만나 이미지 아카데미의 원장으로 일할 기회가 주어졌다. 기업 출강과 양성 과정을 통해 내가 좋아하는 일에 한 발 더 다가설 수 있었다.

그렇게 '컬러'는 내 인생의 동반자가 되었다. 지금도 퍼스널 컬러 컨설팅과 강의를 이어 가고 있다. 좋아하는 것이 직업이 된다는 것은 참으로 축복받은 일이 아닐까. 나는 컬러로 사람을 디자인하는 컬러 이미지 컨설턴트이며, 이 일이 나에게 무한한 즐거움을 준다.

즐거운 감정은 무언가에 몰입할 때 생겨난다. 그것을 느끼는 포인트는 사람마다 다르다. 중요한 것은 내가 무엇을 좋아하는지 알아차리는 일이다. 나에게는 컬러가 그런 부분이었다. 색을 공부하면서 열정도 가지고 되었고, 자신감도 얻게 되었다. 할까 말까 고민하는 분야가 있다면 주저하지 말고 일단 도전해 보기를 바란다. 나 역시 컬러에 관한 메일을 보고 시도하지 않았다면 지금의 모습은 없었을 것이다. 다양한 도전을 할수록 내가 좋아하는 일에 가까워질 수 있다. 삶은 결국 내가 얼마나 좋아하는 일을 많이 하냐에 따라 그 모양이 달라진다. 진정으로 즐기는 일을 찾는다면, 인생은 지금보다 훨씬 풍요로워지지 않을까 한다.

행복한 나와 마주하기

이귀희

　진한 가을 향기가 난다. 전날 밤잠을 설쳤다. 조금 일찍 일어나 차에 시동을 걸고 출발하니 피곤함보다 콧노래가 절로 난다. 광명 KTX 역에서 친구를 만나기로 했다. 한 시간 거리가 십 분처럼 느껴지는 곳이었다. 누군가를 기다리면서 설레어 보기는 오랜만이다. 조금은 차가운 아침 바람을 가르고 광명역의 출입구를 열심히 쳐다보고 있다. 아직 도착하려면 멀었다. 도로 옆에 카메라는 '주차 금지 구역입니다. 이동 주차 해 주세요.'라는 문구를 비추고 있다. 다시 차 시동을 켜고 한 바퀴를 돌기 시작했다. 차 안에서 급하게 화장하는 사이 내가 사랑하는 사람이 보인다. 이 순간만큼은 아무것도 생각나지 않는다. 아이 둘의 엄마라는 것도 결혼한 사실도 잊어버리고 달려갔다.

　"서연아, 잘 지냈어?"

우리의 수다는 고속 도로처럼 막힘 없이 3시간 동안 이어졌다.

　오늘은 친한 친구 세 명이 모여 단풍 구경 가는 날이다. 가는 동안 날씨가 너무 좋아 감사했다. 울긋불긋 물들어 가는 가을 산을 보니 더욱더 설렌다. 7개월 못 본 것뿐인데, 마치 10년 만에 만난 것처럼 반가웠다. 아직 합류하지 못한 친구 영숙이를 위해 전주로 향했다. 우리에게 미숫가루를 준다고 지금 방앗간에 있다. 벌써 미숫가루 냄새가 진동한 듯 고소함이 가득하다. 어릴 때 부모님이 미숫가루 한 포대씩 하셨던 기억이 절로 난다. 얼음 동동 띄워서 설탕 잔뜩 뿌려 먹던 미숫가루다. 가는 동안 내내 "깔깔깔, 호호호, 하하하!" 행복한 여자들의 바람이 시작되었다.

　목적지는 선운산이었다. 축제 기간이라 입장료도 공짜다. 평일이라서 사람들은 거의 없었다. 자연과 하나 되어 눈과 몸과 마음의 힐링 시간을 가졌다. 오색찬란한 단풍 속에 어떤 조건도 없이, 시간의 제한도 없이 천천히 가을 정취에 빠져들었다. 행사 기간이라서 입구는 벌써 노랫소리로 들썩들썩하다. 바닥에 있는 단풍잎을 모아서 맘껏 뿌려 보기도 했다. 선운산 올라가는 길이 가파르지 않다. 양쪽 길에 이끼가 잔뜩 낀 돌들이 보인다. 그 사이로 흐르는 물에 비친 단풍은 이 세상에 없는 색을 자랑하고 있다. 큰 단풍나무 사이로 흐르는 빛을 보고서 친구들의 사진을 찍어 줬다. 인생 사진 찍었다고 너무 좋아한다. 가는 곳곳마다 화보 사진이다. 사람들이 너무 없어서 우리가 전세 낸 것처럼 맘껏 소리 지르고 웃고 떠들었다. 정상까지 왕복하는 데 3시간 30분 정도 걸렸다.

　고창하면 떠오르는 풍천장어 맛집을 찾아 저녁을 먹었다. 여기저기 잘 찾아다니는 서연이의 도움으로 리뷰가 좋은 음식점을 찾았다. 핑크 뮬리가 가득 피어 있는 맛집이다. 멀리서도 보인다. 핑크 뮬리가 가득한 곳에 우리가 찾는 음식점이 있었다. 노을과 함께 멋진 풍경이다. 앞에서 커피 한잔해도 분위기가 너무 좋은 음식점이다. 주차하고 핑크 뮬리 길을 한참 걸었다. 그 느낌이 부드럽고 마치 다른 장소에 온 것 같았다. 우리를 먼저 반겨 준 것은 주인이 아니라 황금빛 리트리버 강아지였다. 꼬리를 살랑살랑 흔들면서 다가왔다. 어릴 때 강아지에게 물렸던 나는 겁에 질려 친구들 뒤에 숨었다. 주인은 물지 않으니 괜찮다고 했지만 큰 덩치 때문에 더 무서웠다. 시원한 바람이 불기에 밖에서 자리를 잡았다. 통통한 풍천장어의 크기에 놀라면서 살림꾼인 내가 타지 않게 노릇노릇 열심히 구워 준 장어의 맛은 최고다. 조금만 먹어도 배가 부를 정도로 크다. 정신없이 먹다 보니 어느덧 밤하늘 별이 가득하다. 한없이 별과 함께 있고 싶었지만, 다음 날을 위해 아쉬움을 뒤로 하고 숙소로 향했다.

　저녁에도 수다 여행을 하다가 하나둘씩 잠이 들었다. 항상 서연이는 일찍 자고 일찍 일어난다. 오늘은 백양사로 이동한다. 주말이라 사람들이 많이 올 것을 대비해서 빠르게 움직였다. 별로 기대하지 않고 출발했다. 백양사로 들어가는 좌회전 차량 줄이 길게 서 있다. 주차하기 위해 길을 따라 올라가는데, 단풍이 이렇게 예쁠 수가 없다. 백양사 올라가는 길마다 단풍나무가 하늘을 가렸다. 형형색색 단풍들이다. 구두를 신어도 편안할 만큼 가파르지 않은 길과 산과 산 사이에 보이는 호수는 아직도 머릿속에 선명하게 남아 있다. 작은 호수에 비친 단풍들은 마치 파란 도화지에 예쁜 물감으로 흩뿌려 놓은 것 같았다. 우리는 주변을 의식하지 않고 맘껏 웃었다. 사랑하는 사람과의 만남은 역시 만병통치약이다. 보약을 먹은 듯 행복한 소리가 절로 난다. 서연이를 전주역에 내려 주고, 영숙이는 집에 데려다주고 홀로 집에까지 운전하면서 올라왔다. 한 번도 쉬지 않고 올라온 것은 1박 2일 동안의 추억으로 피곤함이 사라졌기 때문이다. 친구들은 가족여행보다 우리들의 여행이 더 기다려지고 행복하다고 한다. 그건 나도 마찬가지다. 가족에게는 내색할 수 없지만 말이다.

우리의 만남은 참 특별하다. 어릴 적 동네 친구인 영숙이는 나의 단짝 친구이다. 비가 많이 올 때였다. 우산이 하나뿐이어서 서로 양보했다. 그러다가 둘이 우산을 쓰지 않고 비를 같이 맞으며 집에까지 30분을 걸어갔던 기억이 아직도 생생하다. 서연이는 여자들만 사는 아파트에서 만난 친구다. 멋지고 예뻐서 내가 먼저 말을 걸어서 친해졌다. 정이 많은 친구이다. 서로 친구가 되었고, 비슷한 시기에 결혼하였고, 각자의 삶을 살아가고 있는데, 영숙이의 번아웃 소식이 들려왔다. 자신의 삶은 돌보지 않고 가족을 위해 살았는데, 이젠 다 귀찮고 죽고 싶단다. 음식도 먹고 싶지 않고 죽는 생각뿐이라고 한다. 나는 거의 매일 통화를 했고, 위로를 해 주었다. 친구는 매일 울고 있다. 우울증이라고 한다. 서연이랑 상의 후에 전주에 달려 갔다. 휴가를 내어 1박 2일 여행 계획을 잡았다. 불과 2년 전이다. 그때는 영광 백수 도로 가서 밥 먹고, 사진 찍고, 전주 한옥마을에 서 잠을 자면서 끝없는 대화를 했다. 세상에 우리 3명만 있는 것처럼 시간을 보내면서 위로했다. 그러면서 행복하게 바람난 여자들의 일탈이 시작되었다.

인생을 살면서 각자 행복한 순간들이 있다. 친구들을 만났을 때처럼 말이다. 갱년기와 어려워진 가정사 때문에 오늘의 만남이 더 소중했다. 울퉁불퉁 힘든 길 위에 친구라는 희망을 잡고 행복하게 살아가는 쉼을 배웠다. 친구의 아픔을 통해 급하게 만들어진 만남 이지만 이 소중한 만남이 없었다면 나 또한 번아웃의 길을 걸어갔을 것 같다. 자신에게 집중하게 해 주고 내가 지금 행복한 것이 무엇 때문인지 생각하게 해 준 친구들이 고마웠다. 무조건적인 희생 안에서 마음을 들여다보는 시간을 만들어 준 기회였다. 참는 것보다 견디기 힘들 때는 그냥 내려놓는 것이 훨씬 가볍다는 것을 알았다. 가끔 싫을 때는 싫다고 표현하는 것이 모두에게 좋을 때도 있다. 중년의 행복한 바람 속에 자신에 집중하는 시간을 배웠다. 친구가 아니었다면 일어나기 힘들었을 것이다. 힘든 순간에 친구를 통한 위로가 이렇게 큰 행복을 주는 줄 몰랐다. 마음을 허심탄회하게 터 놓을 수 있고 여행을 함께할 수 있다는 사람이 있는 것은 참으로 중요하고 큰 축복을 받은 것이다.

새로운 것을 도전하는 즐거움

이지선

"좋아하는 게 뭐예요?"라는 질문을 안 받아 본 사람은 없을 것이다. 무언가 배우는 것을 좋아하는 성격 덕분에 독서 모임이나 커뮤니티에서 다양한 사람을 만나게 된다. 그럴 때 꼭 받는 질문 중 하나이다. 이 질문에 대답하기 쉽지 않다. 내가 잘하는 게 무엇인지, 뭘 좋아하는지 모르겠다는 이유로 답하기가 어려울 것이다. 반대로 좋아하는 게 너무 많아서 하나를 말하기가 어려운 사람도 있을 것이다. 나는 후자에 속한다. 세 살 어린아이처럼 신기하고 재미있어 보이는 것이 가득한 것처럼 보인다. 좋아하는 게 없다고 생각하는 사람들이 들으면 이해가 안 갈 수도 있고, 부럽다는 말을 할 수도 있다.

첫째 아이를 키우면서 동네 엄마들의 모임에 가게 되었다. 연말이

나 연초에 신년회, 송년회를 챙긴다. 이번 연말에도 어김없이 우리의 모임은 이루어졌다. 퇴근한 남편 눈치를 보며 아이들을 잘 재워 달라고 부탁하며 현관문을 닫는다. 현관문을 닫는 순간, 나의 발걸음은 깃털처럼 가벼워진다. 주량은 맥주 한잔이지만 사람들과 소소한 이야기를 하며 별것 아닌 것에도 웃음이 끊이지 않는 분위기에 취해 버린다. 아이 키우며 힘들었던 일들, 서로 내 남편이 더 별나다는 배틀을 하며 일상을 나눈다. 술도 안 하면 무슨 재미로 사냐고 동네 언니가 나에게 물었다. 술 안 해도 이 세상에 재미있는 게 많다고 답하니 언니는 도통 이해가 안 간다는 얼굴로 나를 쳐다본다. 나 역시 그 재미를 설명할 수 없는 상황이 안타까울 뿐이다. 서로의 관심사에 교집합이 없는 탓에 서로를 이해할 수 없다. 사람마다 성격이 다른 것처럼 관심사가 다르고, 즐거움을 느끼는 요소들은 각기 다르다.

새로운 것에 호기심을 느끼는 성격이다. 유튜브를 보면서도 '와! 이거다. 나 이거 해 보고 싶어!'라는 생각들이 툭툭 튀어나온다. '스마트 스토어? 회사에 출근하면서도 할 수 있다고?', '블로그? 애들 유치원 보내고 남는 시간에 할 수 있다고?' 관심사가 생기면 도전해 본다. 아이를 내가 키워야 해서 할 수 있는 게 블로그라고 생각했다. 첫째를 출산하고 시작한 블로그는 10여 년간 하고 있다. 처음에는 큰 욕심 없이 아이 기저귀값을 벌어 보자는 마음으로 시작했다. 첫째 그리고 둘째 아이는 블로그에서 다양한 육아 용품을 협찬받으며 생활비를 소소하게 벌었다. 취미로만 느껴진 블로그는 진짜 내일 같지 않았다. 두 번째 도전은 스마트 스토어를 해 보는 것이었다. 스마트 스토어에서 식품 관련 상품들을 올려 보며 하나 두 개 정도 팔아 보았다. '내가 정말 이게 하고 싶은 일인가?' 생각해 보니 내가 진짜로 원하는 일은 아니었다.

내가 어떤 일을 하면 좋을까 고심하던 중 독서 모임을 하게 되었다. 진짜 내 일을 찾고 싶은 아이를 키우는 엄마들의 독서 모임이었다. 아이를 재우고 밤 10시가 되면 컴퓨터 앞에 앉았다. 줌을 통해 나와 관심사가 비슷한 엄마들을 만난다. 월요일, 수요일, 금요일, 일주일에 3번의 만남이 나에겐 활력소가 되었고, 성장하는 느낌이 들어 좋았다. 선정된 책을 읽고 각자의 느낀 점을 이야기하기도 하고, 재능 기부 형식으로 각자의 노하우를 강의하기도 한다. '나도 한번 내 이야기를 강의해 볼까'라는 생각이 들었다. 아이를 키우며 강의를 쉬었던 탓에 내가 잘할 수 있을까 두려움이 컸지만, 용기 내어 도전해 보기로 했다. "에니어그램을 통해 자기 자신을 발견하는 주제로 강의해 보고 싶어요."라고 이야기했다. 오랜만에 하는 강의라 긴장도 되었지만 틈틈이 준비하고, 드디어 강의하는 결전의 날이 다가왔다. 1시간가량 내가 준비한 이야기를 마음껏 펼쳐 보았다. 줌 채팅창에서 반응이 아주 뜨거웠다. 강의 내용이 정말 내 이야기라며 반응해 주었다. 공감 가는 에피소드를 들으며 웃겨서 배꼽 떨어지겠다는 반응까지 나왔다. 강의를 듣고 나서 에니어그램에 대해 더 알고 싶다는 분들이 하나둘씩 늘어났다. 그러면서 한 분이 이야기했던 말이 내 가슴에 확 들어왔다.

"이렇게 재능이 있는데 왜 강의를 안 해요?"

한때는 너무 좋아서 시작했던 강의가 익숙해지자 잠시 벗어나고 싶었고, 출산하면서 자연스럽게 다른 일을 해야겠다고 생각했었다. 사람들의 반응과 이야기를 듣고 다시 생각하게 되었다. '신나고 즐겁게 할 수 있는 일이 강의를 하는 순간이었구나!' 다시 깨닫게 되었다. '요즘 트렌드도 잘 모르고 강의한다고 하면 누가 날 불러 줄까?' 두려움이 찾아왔다. 시작이 어려웠다. 실패할까 봐 두려워지는 순간, 생각했다. '해 보지도 않고 안 될까 봐 걱정돼서 안 하면 그게 더 나중에 후회되지 않아?'라는 생각이 들었다. 내 인생의 두 번째 챕터를 시작하기로 했다.

그즈음 친구 소개로 시민들을 대상으로 에니어그램 강의를 하게 되었다. 다양한 분야의 사람들이 모였다. 선생님도 있었고, 예술 분야에 일하는 사람도 있었다. 은퇴하고 난 후 공부를 위해 들으러 온 어르신도 보였다. 두 달 동안 이어진 프로그램이었다. 심리 검사도 하고, 집단 상담도 진행했다. 그동안 자신에 대해 잘 모르고 있었고 덕분에 상대방을 이해할 수 있게 되었다는 피드백을 받았다.

다시 강의를 시작하면서 살아 있음을 느낄 수 있었다. 강의는 성장할 수 있는 아주 강력한 도구가 된다는 생각이 들었다. 좋아하는 관심사들을 콘텐츠로 녹여 낼 수 있다는 것이 성격과도 잘 맞았다. 머물러 있는 것이 아니라 항상 배우고 도전하는 것의 연속이라는 게 어렵지만, 즐거움이 더 크다. 나의 이야기와 경험이 강의가 된다는 것이 가치 있는 일이라서 감사한 마음이 든다. 나의 이야기에 누군가가 집중해 주고 고개를 끄덕여 줄 때, 그때의 보람으로 강의를 하게 된다.

쉽게 도전하는 게 성격의 단점이라고 생각했지만, 도전 자체를 즐기는 것이 나라고 받아들이니 오히려 마음이 편해졌다. 인생에 정답이 없다. 마음이 이끄는 대로 도전하고 싶으면 망설이지 않고 해보면 된다. 책 『모든 것이 되는 법』에 의하면 유난히 관심사가 많고 호기심이 강한 사람들, 천직을 찾아 헤매지만 한 가지만 파기에 하고 싶은 게 너무 많은 사람을 '다능인(Multipotentialite)'이라 부른다. 꿈이 많다는 것은 당신의 정체성이자 삶이 될 것이라고, 당신에게는 아무런 문제가 없다고 이야기한다.

쉽게 도전하는 나를 있는 그대로 받아들이고, 인생의 즐거움의 한 요소로 받아들이며 살기로 했다. 앞으로 나에게 또 어떤 도전들이 있을지 기대가 된다.

락, 즐거움을 찾아라

황은정

평소에 내가 재미있고 즐겁게 하는 일이 뭐가 있을까? 온전히 집중할 수 있는 것. 나는 무엇에 설레는가? 꾸준히 해 왔던 취미는 없지만 자잘하게 해 왔던 활동들이 있다. 그중에 드라마 보는 것을 제일 좋아하는데, 정주행하는 것도 좋고 옛날 드라마를 몇 번을 돌려 보는 것도 좋아한다. 몇 가지 더 들어 보자면 대청소하는 것도 좋아한다. 물건을 다 꺼내 놓고 다시 정리하는 방식으로! 가구 위치도 바꾸는 것을 좋아할 정도로 활동적으로 움직여 스트레스를 푼다. 마지막으로는 나의 발전을 위한 노력이다. 생각보다 취미라고 할 정도의 집중 있는 활동은 아니지만 나름 즐기고 있다. 이를 좀 더 자세하게 이야기해 보고자 한다.

첫 번째는 드라마 보기다. 드라마를 보는 이유 중 하나는 다른 생

각을 할 수 없게 해 주기 때문이다. 가장 의미 있게 봤던 드라마는
〈스물다섯 스물하나〉였다. 이 드라마의 매력은 성장이었다. 성장
과 관련된 드라마는 많지만, 이 드라마는 유독 울컥하는 상황들이
많았다. 현실적으로 사랑이 이루어지지 않은 것도 공감이 갔다. 스
토리를 간단하게 보자면 펜싱을 하는 소녀의 성장기를 다루고 있
다. 그 안에는 우정도 있고, 사랑도 있고, 일로써의 성장도 있고, 가
족도 있다. 아마도 일상적으로 겪을 수 있는 이야기들이 함께 진행
되다 보니 공감을 할 수 있던 것 같다. 특히 우정에 대한 이야기가
좋았다. 김태리와 김지연의 우정. 처음에는 팬으로 시작한 인연이
친구가 되는 과정이었다. 상처가 많았던 김지연은 마음을 쉽게 내주
지 않았다. 하지만 끝내 김태리가 본인에게 하는 행동을 통해 진심
을 느끼게 되었고, 친구가 된다. 그러다 뜻하게 않게 펜싱으로 둘은
경쟁자가 되었다. 그 경쟁 속에서도 서로를 응원하고 믿음을 보여
주는 장면들이 있었다. 울면서 그 장면을 봤다. 어려운 상황들과 문
제들을 겪으면서 하나하나 해결해 온 내 모습들이 드라마를 통해
떠올랐다. 그리고 꿈꾸게 해주었다. 도전할 수 있는 힘을 만들어 준
드라마였다. '성장하자'라는 굳건한 마음이 생겼다.

두 번째로 소개하고 싶은 드라마는 〈이재, 죽습니다〉이다. 죽음에
대해 다시 생각해 보는 시간이 되어 좋았다. 우리나라 자살률이 세
계적으로 1위다 보니 죽음을 다루는 드라마를 만들게 된 것이 아닐
까 싶다. 요새는 웰다잉에 대한 관심도 높은 것 같다. 죽음을 우리

가 예측할 수 없는 것처럼, 죽음을 받아들이는 것도 다를 수 있다. 둘 다 준비가 필요하다. 이 드라마에서는 죽음과 주변 사람들에게 대한 이야기를 다루고 있다.

드라마를 보면서 단순히 시간을 보내는 것보다 의미를 찾아가는 것도 힐링 포인트가 된다. 분명 그 드라마를 통해 무언가 전달해 주고 싶은 메시지가 있다고 생각하기 때문이다. 나 또한 이 글을 쓰는 이유는 삶을 정리하면서 전달하고 싶은 메시지들이 있기 때문이기도 하다.

첫 번째 힐링은 드라마였다면, 두 번째 힐링은 교육을 받는 것이다. 다양한 방식들을 적용해 볼 수 있는데, 교육받는 것, 실습, 경험해 보는 것 등이 있다. 친한 강사님이 스트레스 관리를 어떻게 하냐고 물어봤을 때 바로 대답하지 못했다. 그 강사님과 통화를 할 때 교육받는 중이었는데, "교육은 어때?"라는 질문에 "재미있어. 여러 가지로 도움이 될 것 같아."라고 말했었다. 그리고 "힘들진 않아?"라는 말에 나는 "이 시간에 힐링 되는 것 같아. 너무 신나."라고 대답했던 기억이 있다. 처음에는 나도 왜 그렇게 말했는지 설명하기 어려웠다. 하지만 활동하면서 알게 된 것은 배움이 나에게 중요하다는 사실이었다. 배우고 활용해서 누군가에게 도움이 되어서 더 신났던 것 같다. 평소에 일을 어쩜 그렇게 재미있게 하냐는 말을 참 많이 들었던 것 같다. 그래서 교육을 받고 성장하는 것도 나에게는 힐링이지만, 일하는 것 자체가 나에겐 스트레스 관리였다.

사람에게 관심이 많아지면서 관련된 교육을 많이 들었다. 심리 관련 교육이나 소통 관련 교육 등을 들었다.

세 번째는 아로마테라피 과정이었다. 비용 부담 때문에 고민했지만, '아로마감정오일'이라는 색다른 도구를 만나니 꼭 적용해 보고 싶었다. 10가지의 감정오일이 있는데, 우리가 알고 있는 싱글오일과는 다르게 다양한 향을 가지고 있어 그에 따르는 의미가 있다. 아로마감정오일은 '블렌딩오일'로 불린다. 신기하게도 이 10가지 오일의 향을 맡고 나면 내가 어떤 감정을 가지고 있는지, 어떤 스트레스를 받고 있는지 파악할 수 있다. 그리고 천연 오일로 만들어졌기 때문에 향이 혈액에 흡수가 되고, 그로 인해 감정이 회복되기도 한다. 이런 내용을 공부하면서 다양한 감정에 대해서 이해하는 시간이 되었다. 사람들에게 아로마 상담을 하다 보니 사람마다 사연이 많다는 걸 알게 되었다. 사람에게 관심이 생겼다. 다른 사람의 스트레스 관리에 도움을 주기도 했지만, 나도 힐링하는 시간이 되었다. 내가 좋아하는 일이 다른 사람에게도 도움이 되어서 행복한 일이라고 생각한다.

아로마보다 훨씬 전에 배웠던 과정이지만 MBTI를 배웠을 때도 비슷한 감정이 들었다. 처음 배웠을 때는 나를 이해할 수 있어서 좋았고, 이후에는 타인을 이해할 수 있어서 좋았다. 이렇게 사례를 쌓아가면서 사람들이 왜 그렇게 행동하고 말하는지 자연스럽게 적용해 갈 수 있었다. 모두를 이해할 수는 없겠지만, 이해의 폭을 넓혀 갈 수 있던 것 같다. MBTI가 워낙 유명하다 보니 나보다 더 많이 알고 있는 학생들을 볼 수 있었다. 하지만 내가 가진 사례가 많다 보니 아이들의 공감을 끌어낼 수 있었다. 특히 학생들과 라포 형성을 원활히 할 수 있었다.

한 가지로는 사람에 대해 100% 이해할 수 없어서 다양한 도구를 배우는 것이 많이 도움이 되었다. 이에 따라 다른 사람들의 삶에 힘을 줄 수 있음에 너무 기쁘고, 나는 지금 하는 일이 너무 좋다.

나의 삶에서 즐거움을 한마디로 표현하면 뭘까? 그 속에서 의미를 찾는 것으로 생각한다. 그 의미를 찾기 위해 다양한 취미와 활동을 해 왔다. 그런 경험을 하다 보니 삶 자체가 행복하다고 느끼기도 했다. 예전에는 일만 하면서 살았다. 취미 생활도 없다고 생각했다. 가만히 다시 돌이켜보니 아주 작은 활동이 즐거움과 의미를 주고 있었다. 드라마 보기, 대청소하기, 자기 계발 하기 등 나에게 맞는 부분들을 찾아가면 된다. 정답은 없다. 삶의 활력이 될 수 있는 작은 즐거움으로 의미를 찾아보는 것도 살아나는 데 중요한 부분이 아닐까?

5장

지나고 보니
모든 게 메시지였다

순간의 경험이 인생을 만든다

김진주

중학생이 되기 전까지 가족들과 주말마다 여행을 자주 다녔다. 부모님과 남동생 둘, 나까지 다섯 식구였다. 여행 갔던 곳을 지나가면 '예전에 가족끼리 놀러 왔던 곳인데'라고 생각하면서 저절로 미소가 지어진다. 차가워진 마음도 훈훈해졌다. 어릴 때 추억은 흔들릴 때마다 나를 잡아 주는 좋은 버팀목이다. 딸들에게도 행복한 기억을 많이 심어 주려고 노력한다. 시간이 지날수록 부모님의 대단함을 느끼고 있다. 지금은 진해에 살고 있지만, 남편이랑 아이들과 고향인 전주 갈 때마다 예전에 여행 갔던 장소들을 지나게 된다. 추억을 떠올리며 어떤 모습이 좋았었는지 말해 준다. 들떠서 말하는 내 모습을 보면서 딸들은 가 보고 싶어 한다. 그렇게 아이들과 나는 어린 시절을 공유하고 있다.

초등학교 1학년 때 막내 남동생이 태어났다. 그 당시를 잊을 수가 없다. 너무 조그마한 남자 아기가 엄마 품에 안겨 있었다. 내가 안으면 부서질 것 같고 조심스러웠다. 아기일 때 막냇동생은 엄마랑 떨어지면 울었기 때문에 엄마가 항상 안고 있었다. 저녁밥을 할 때, 아기를 안고 밥을 할 수가 없었다. 나는 오후 5시쯤 되면 항상 막냇동생을 유모차에 태우고 아파트 단지를 한 시간 정도 산책했었다. 그 모습을 보고 동네 어른들이 "아기가 아기를 데리고 나왔네."라고 말했었다. 오후 6시쯤 되면 아빠가 퇴근하고 오셨는데, 그때 같이 집에 갔다. 나에게는 너무 좋았던 기억이다. 어린 마음에 엄마를 도와줬다는 생각에 혼자 좋아했다. 지금도 동생을 보면 그때 생각이 많이 난다. 어릴 때는 잘생겼는데 지금은 많이 변했다고 장난을 친다. 그럴 때마다 막냇동생은 잘생긴 동생은 잊어버리라고 한다.

사회 초년생 시절, 취업 사기를 당했을 때, 포기하고 싶었던 순간도 많았다. 꼭 이렇게까지 해서 살아가야 하는지 회의감마저 들었다. 그때마다 좋았던 기억들이 힘을 낼 수 있었던 원동력이 되었다. 인간관계에 대해서도 힘이 들 때가 많았다. 사춘기 때 소심했던 성격 탓에 친구들과 친하게 지내지는 못했다. 낯을 많이 가리기도 했고, 내성적이기도 했다. 그렇다고 공부를 잘하는 것도 아닌, 어중간한 아이였다. 많은 아이와 친해지기보다는 맨날 노는 친구들하고 놀았다. 주말이 지나고 학교에서 다시 만나면 어색해할 정도로 낯을 많이 가렸다. 고등학교 친구들을 만난 뒤에는 그런 성격이 조금씩 변화하기 시작했다. 내성적인 나에게 말을 많이 걸어 주었다. 현재도 친한 친구들로 지내고 있다. 자주 만나지는 못해도 연락은 자주 하는 편이다. 힘들 때 나를 믿어 주는 친구 한 명만 있어도 성공한 인생이라고 한다. 나에게도 그런 친구가 있는지 생각하면 사춘기 시절을 같이 보낸 친구들이 떠오른다. 그 친구들이 힘든 일이 있을 때 나를 위로해 주고 버팀목이 되어 주는 것 같다. 교육비가 없어서 '치매 예방 교육 자격 과정'을 못 받을 뻔했다. 20대 중반인 나에게는 큰돈이었지만, 혼자 해결하려고 가족에게도 말하지 않았다. 답답해서 친구들 단톡방에 속상하다고 말했다. 친구들이 힘내라는 말과 위로를 해 줬다. 선뜻 도와주겠다는 친구가 있었다. 그 친구가 교육비를 주면서 한 말이 있다. "나는 돈을 선택해서 이렇게 일만 하고 살지만 너는 꿈을 향해 네가 하고 싶은 일을 했으면 좋겠어. 돈은 안 갚아도 되니까 미안하면 성공해라."라고 말하면서 교육비를 보내 줬다. "미안하고 고마워. 꼭 열심히 할게."라고 답했다. 그날 이체된 돈을 보면서 많이 울었다. 평생 그 친구에게 잘하겠다고 다짐했다. 반대로 그 친구가 힘들거나 나와 비슷한 상황이 생겼을 때, 나도 똑같이 할 수 있을지 궁금했다. 나도 다른 사람이 힘들 때 도움을 줄 수 있는 사람이 되고 싶었다.

글을 쓰게 되면서 살아온 세월을 천천히 돌아봤다.

1장에서는 직장 생활을 하면서 있었던 일들을 글로 썼다. 사회 초년생 시절에는 내가 다 잘하는 줄 알았다. 하지만 현실은 너무나도 달랐다. 잘하는 건 손에 꼽을 정도였고, 모르는 부분이 더 많았다. 잘하려고 노력하니까 어느새 일이 익숙해지는 거였다. 열심히 하면 할 수 있다는 희망을 봤다.

2장에서는 친한 오빠한테 취업 사기를 당했던 일을 생각해 봤다. 준비가 되지 않은 상태에서 경험하는 좌절은 나를 힘들게 했다. 모든 게 서툴렀고, 관계에 대해 안일하게 생각했던 부분에 대해서 경각심을 갖게 해 주는 일이었다. 모든 상황에서 조심하고 한 번 더 확인하는 습관이 생겼다.

3장에서는 남편을 만나 결혼을 하게 되는 과정에 대해 다시 생각해봤다. 인연이라는 것은 억지로 맞추는 관계가 아닌, 서로의 인생에 스며드는 과정이라는 생각한다. 모든 인간관계는 나 혼자 노력한다고 해서 되는 부분이 아니다. 생각보다 인간관계로 인해 힘들어하는 사람이 많다. 힘든 관계를 이어 가고 있다면 놔줄 수도 있으면 좋겠다. 내 옆에 있을 인연이라면 나에게 어떤 형태로든 힘이 되어주기 때문이다.

4장에서는 내가 좋아했던 일에 대해서 글을 썼다. '일로 인해 행복할 수 있을까?'라고 생각했다. 매 순간이 치열했고 '하루를 잘 버텨 낸다.'라고 생각하며 살았다. 그렇게 살았는데도 불구하고 내가 힐링 받고 위로받았던 순간이 있었다. 강의를 들으면서 뿌듯해하던 어르신들의 모습이 아직도 생생하게 떠오른다.

'희로애락'에 대해서 천천히 글을 쓰면서 인생에 대해 돌아볼 수 있었다. 힘든 일을 겪었을 때는 '왜 나한테만 이런 일이 생기는 걸까' 라고 생각했다. 세상 모든 나쁜 일들이 나에게만 생기는 것 같고, 나만 힘들게 사는 것 같았다. SNS를 보면 다들 행복해 보이기만 했다. 상대적 박탈감에 찌들어 살아갔던 날들이다. 그러다가 좋은 일이 생겼을 때는 언제 힘들었냐는 듯이 즐거워했다. 힘들 땐 팍팍하게만 느껴졌던 세상이 아름답게 느껴졌다. 이렇게 사람은 다양한 일들을 겪으면서 살아간다. 세월이 흘러 경험했던 모든 일이 내 인생의 메시지라는 걸 깨닫게 됐다. 좀 더 빨리 깨달았으면 '인생이 조금은 달라질까'라는 생각도 했지만, 늦게라도 깨달은 것에 다행이라고 생각했다. 지금부터 잘 살아가면 되기 때문이다. 어떤 경험을 하든 포기하지 않고 최선을 다한다면 힘든 순간도 지나갈 거라고 믿는다. 매 순간 최선을 다해 사는 우리, 오늘도 우리는 잘 살아가고 있다.

기죽지 말고 살아 봐

김창범

"선생님, 내년 2024년부터는 독감 예방 주사 무료로 맞으시게 됩니다. 간호사가 안내해 줄 겁니다."

컴퓨터 모니터로 진료 기록을 보던 젊은 여의사가 이야기한다. 순간 좋아해야 할지, 세월을 아쉬워해야 할지 멈칫했다. 간호사를 따라 주사실로 갔다. 약 냄새가 코를 찌른다. 좁은 공간에 침대 하나가 놓여 있고, 푸른색 커튼이 젖혀 있었다. 벽에 붙은 찬장엔 이름 모를 약품들이 가득 진열되어 있다. 진열장 밑에 놓여 있는 휴지통엔 피가 묻어 있는 솜들이 그득했다. 두꺼운 외투를 벗어 침대 위에 올려놓으며 간호사에게 물었다.

"팔 주사예요? 엉덩이 주사예요?"

"팔 주사이니 편한 쪽 옷소매를 걷으시면 됩니다."

티셔츠 단추를 풀고 왼쪽 소매를 걷어 올렸다. 주사를 놓는 간호사에게 "의사 선생님이 내년부터 공짜라네요." 하니 간호사는 엷은 미소를 지으며 주사 놓은 자리에 동그란 반창고를 붙여 준다. 노인 이란 용어가 나에겐 어울리지 않을 것 같았다. 하지만 낯선 현실들 을 하나하나 겪으며 지나간 삶을 그려 보게 된다.

초등학교 2학년 겨울 방학 때 일이다. 수원 연무동 광교산 자락에 원호 대상자들을 위한 재활원 주택이 있었다. 6.25 전쟁 상이용사 와 미망인 그리고 유가족들을 위해 지어진 곳이다. 300호의 집들은 벽의 색깔만 다를 뿐, 구조와 면적 등이 똑같았다. 높은 축대 위의 우리 집 현관엔 '70'이란 숫자가 쓰인 팻말이 붙어 있다. 재활원 주 택 단지는 산을 깎아 조성했기에 경사가 심한 곳이 많았다. 어느 일 요일 아침, 세숫대야에 물을 받아 놓은 엄마가 손수 얼굴을 씻겨 줬 다. 그리곤 언제 준비했는지 두툼한 새 스웨터를 내놓으시며 입으라 한다. 엄마의 손에 이끌려 나왔다. 몹시 추웠다. 앙상해진 감나무가 줄지어 있는 좁은 길을 걸었다. 학교 다닐 때 늘 다니던 길이었다. 논바닥엔 두꺼운 얼음이 얼어 있고, 시커멓게 변한 벼 밑동이 보인 다. 얼어 있는 논둑 길도 걸었다. 탱자나무로 둘러싸인 초가집 옆으 로 지나간다. 지금도 그 모습은 사진을 보는 듯 눈에 선하다. 그 집 앞에서 엄마보다 나이가 훨씬 많은 중년의 아줌마를 만났다. "창범 아, 같이 갈까?" 하며 내 손을 잡아 주던 그분의 이름을 기억하고 있다. 이원동 집사님.

그분에게 인계되어 교회에 다니게 되었다. 일요일 어느 아침에 만난 중년의 여집사님, 세월이 많이 지났지만 그때의 기억은 영화를 보는 것처럼 생생하다. 현관문을 나서면서 만났던 겨울 풍경과 교회 여집사님의 모습. 그래서였을까? 남들처럼 착하고 성실하게 살아야 한다는 마음을 늘 새기며 살아왔던 것 같다.

학교는 배움의 터이고, 그곳엔 감동적인 선생님도 있다. 때론 친구 같은 모습으로, 어떤 때는 군대 중대장의 모습으로 그리고 선비의 모습으로 말이다. 논다고 철없던 시절, 공부를 알게 해 준 초등학교 3학년 김숙란 선생님, 교실이 모자라 더부살이 공부를 하게 해 준 중학교 2학년 김주일 선생님 그리고 아무 말 없이 형님처럼 지원자가 되어 주었던 고등학교 2학년 차가원 선생님.

지금 생각하면 당시 초등학교와 중·고등학교 때는 학교에 가져오라는 게 많았다. 교실에 석탄 난로를 피우기 시작하면, 불쏘시개용으로 솔방울을 가져오게 했다. 질퍽질퍽해진 운동장을 걷기 편하게 하려고 연탄재도 가져오라 했다. 쥐 잡는 날이면 몇 마리를 잡았는지 세어 오라고도 했다. 송충이를 잡으러 전 학생이 동원되어 깡통과 나무집게를 가지고 산속을 누벼야 했다. 교련복 입고 풀베기 동원 등, 지금은 감히 상상도 못 할 일들이 많았다, 연말이 되면 불우이웃 돕기 행사로 라면 봉지에 쌀 담아 오기도 있었다.

고등학교 2학년 12월 어느 종례 시간, 담임 선생님이 연말 불우이웃돕기로 쌀을 모금하니 라면 봉지에 쌀을 담아 오라고 한다. 집에 와 언제까지 쌀을 학교에 가져가야 한다고 말을 했다. 며칠이 지나도 엄마는 아무 말이 없었다. 나 역시 쌀을 가져갈 형편이 안 된다는 것을 알고 있었지만, 등굣길이나 수업 끝나고 종례 시간이 되면 마음이 무거웠다. 모금 마지막 날 아침, 가방을 들고 집을 나서는데, 엄마가 쌀이 담긴 붉은색 삼양라면 봉지를 내밀며 가져가라 한다. 어쩐 일인가 궁금하기도 했지만 어린 마음에 기분이 좋았다.

학교에 도착하고 오전 수업이 끝나자마자 반장이 쌀을 걷는다고 한다. 커다란 부대 자루에 각자 가져온 쌀을 붓기 시작했다. 내 차례가 왔다. 봉지에 묶인 고무줄을 풀고 쌀을 쏟았다. 그 순간 짝꿍이 말을 한다.

"창범아, 쌀이 왜 그래?"

얼굴이 빨개졌다. 그 당시에는 쌀조차 사기 힘들었다. 인근 양로원에서 어르신들이 먹다 남은 밥을 말려서 값싸게 파는 것을 사다 먹고 있었다. 생활이 어려운 엄마는 그 말린 밥을 쌀 대신 사 먹고 있었다. 지금도 라면 봉지에서 쏟아지던 말린 밥쌀이 눈에 선하다.

어느 날, 차가원 담임 선생님이 종례를 마치더니 나를 교무실로 오라고 한다. 교무실에 가니 학년별로 몇 명의 학생들이 있었다. 교무주임 선생님이 모인 학생들 이름을 부르며 일렬로 세운다. 인원을 확인하더니 교감실로 안내한다. 교감 선생님이 흰 편지 봉투를 하나씩 나눠 주었다. 선생님들이 월급 일부를 교사 장학금으로 만든 것이라 한다. 편지 봉투에는 '교사 장학금'이라고 쓰여 있었다. 봉투를 받아 든 손이 떨려 오며 얼굴이 붉어지는 것 같았다. 전달식이 끝났다. 교무실로 다시 가서 담임 선생님께 고개 숙여 인사드렸다.

감사하다는 말도 하지 못하고 그저 고개만 숙였다. 의자에서 일어선 선생님은 아무 말 없이 어깨와 등을 몇 번 친다. 이후로도 담임 선생님은 아무 말이 없었다. 그렇게 2학년을 마치고 3학년이 올라가기 전 봄 방학식 날이다. 교무실로 향하시던 선생님이 복도로 나오라 손짓한다. "김창범, 포기하지 마라."라는 말을 한다. 그게 선생님과의 마지막 대화였다. 3학년이 돼서 가끔 먼 발치서 선생님의 모습을 볼 수 있었다. 하지만 달려가 인사드리지 못했고, 그럴 용기조차도 없었다. 그저 마음속으로만 고마움을 품고 있었다.

40여 년간의 공직을 마친 후, 2021년 코로나가 한창이던 때에 아내와 함께 골프를 배우기 시작했다. 권선동 집 근처 인도어 골프 연습장을 찾아 연습했다. 나이가 들어 아내와 함께 운동할 수 있다는 자체로도 충분히 행복했다. 그곳에서 여러 사람을 만날 수 있어 좋았다. 2023년 12월경, 늘 다니던 인도어 연습장에서 나이 들어 보이고 외모가 단정한 분을 만났다. 걸음걸이는 조금 어색해 보였지만 골프채를 휘두르는 모습이 꽤 오래된 분 같았다. 연습 중 잠시 소파에 앉아 믹스커피를 마시며 쉬고 있는데 그분이 맞은편 소파로 와 앉는다. 자연스럽게 이런저런 이야기를 주고받았고 고등학교 이야기가 나왔다. 수성고등학교를 졸업했다는 말에 그분은 반색하며 "몇 년도 졸업했고, 담임은 누구셨냐"고 묻는다. 그분은 몇 년 전 수성고등학교 교장으로 정년퇴직했다고 한다. 모교 교장 출신의 인생 선배를 만나니 반가웠다. 고등학교 1학년 때부터 3학년 담임선생님의 이름을 쭉 댔다. "차가원 선생?" "네, 고등학교 2학년 때 제 담임이셨어요." 순간 그분의 얼굴이 어두움과 놀라는 기색으로 뒤섞인 모습이다. 차가원 선생이 자기 후배라 한다. 몇 년 전 수성고등학교 교장까지 하고 얼마 전 돌아가셨다는 말도 한다. 당신보다 나이도 어린데 먼저 갔다며 슬픈 기색을 띤다. 순간 뭐라 표현할 수 없는 감정이 몰려온다. 교사 장학금이라 쓰인 편지 봉투를 받던 고등학교 2학년 그날이 생생하게 떠오른다. "포기하지 마라." 조용히 말씀하시던 선생님 모습이 눈에 선하다.

어린 시절부터 삶을 벽이라고 느끼며 살아왔다는 게 솔직한 표현일 것 같다. 그럼에도 인연처럼, 귀인처럼 내게 나타났던 그분들은 한결같이 이렇게 이야기하고 있었다. "창범아, 저 벽 너머에 너를 기다리는 무언가 있을 거야"라고. 이젠 이마에 주름도 깊어졌다. 흰머리칼이 점점 늘어나고 머리숱도 많이 줄어들었다. 이마도 점점 넓어져 간다. 나태주 시인의 「풀꽃 3」이란 시가 있다. '기죽지 말고 살아봐. 꽃 피워봐. 참 좋아.' 꼭 나에게 들려오는 벽 너머의 메시지 같다.

살아 보니

문숙정

　순간순간 힘들어서 죽고 싶을 때도 있었고, 이렇게 살아서 뭐 하나 싶을 때도 참 많았다. 하루도 못 쉬고 몇 달을 일만 한 적도 있고, 억지로 넘겨받은 부채를 갚기 위해 새벽 6시에서 밤 12시까지 일하던 시절도 있었다. 친구들은 다 자리 잡고 형편도 넉넉해지는 것을 보면서 상대적 박탈감에 속이 상한 적도 많았다. 어릴 때는 인생은 노력하면 다 된다고 생각했고, 세상도 노력하면 변할 수 있다고 생각했다. 그런데 내 노력만으로 안 되는 것이 많다는 생각을 하기 시작하면서 철이 든 것 같다. 지금도 내 노력이 막힐 때도 있다. 그럴 때면 욕도 하고, 스트레스로 몸을 상하게 하기도 한다. 머리로 이해한다 해도 마음으로 서운할 때가 많았다. 그럴 때는 더 속상한 마음이 들었다. 노력으로 안 되는 것들이 참 다양하게 많다.

학생들을 가르치다 보면 아이들이 서로에게 장난친다고 악의는 없었겠지만, 돌이킬 수 없는 상처를 주는 경우를 많이 보게 된다. 할머니와 단둘이 사는 여학생이 있었다. 친구들이 하는 말들이 속상하지만, 화내면 인정하는 것 같아서 반응하지 않는다고 했다.

수업에 들어가서 학생들에게 내 이야기를 하는 것처럼 이야기를 시작했다.

"부모님을 선택한 사람 손 들어 보세요."

"이름을 자기가 선택한 사람 있어요?"

"키가 작고 뚱뚱하게 얼굴이 못생긴 것을 원하는 친구가 있을까?"

어린 시절 나도 놀림을 당한 적이 있었기 때문에 그 경험에 빗대어서 이야기를 이어 갔다.

"선생님이 생각하는 제일 지질한 사람은 자신이 선택하지 않은 것들을 가지고 놀리는 사람이야. 가족이나 이름, 신체를 가지고 놀리는 친구들 때문에 선생님 어린 시절에 속상한 적이 많았어요. 여러분들은 친구들에게 나쁜 기억을 주는 친구가 되지 않았으면 좋겠어."

나는 학창 시절에 이름 때문에 수업마다 선생님들의 놀림감이었기에 얼마나 상처가 되는지에 대해 이야기를 할 수 있었다. 학생들의 행동이 달라졌는지는 모르겠다. 내가 선택한 것들에 대한 비난이나 책임은 당연히 자신의 몫이다. 하지만 우리의 삶에서 내가 선택할 수 없는 부분들이 평생을 함께하는 경우가 많다. 부모, 형제, 이름, 신체 조건, 유전적인 질병 등…. 이런 것들로 힘든 이들도 얼마나 많은가?

이 부분은 서로 서로가 이해를 해 주고 안아 주어야 하는 부분이라고 생각한다. 선택하지 않은 부분에 대한 놀림이나 비난은 더 큰 상처가 된다.

스스로 모든 것을 선택해야 하는 나이가 되고 나서는 잘못된 선택에 대한 후회가 많았다. 학교 선택이 그랬고, 결혼이 그랬다. 우리 삶에 직업이 얼마나 중요한지를 어린 시절 나에게 이야기해 주는 어른들이 없었다. 우리 시대는 지금보다 직업 선택이 힘들지 않았었는데도 많은 부분이 아쉽고 후회가 된다. 지금 많이 하는 적성 검사 한번 없이 드라마에서 나오는 직업만 보고 선택하던 시절이었으니 적성, 흥미 이런 걸 고려해서 직업을 선택한 사람이 몇 명이나 될까? 우리 시대는 결혼 같은 큰 결정도 좋은 선택을 하는 방법을 배운 기억이 없다. 어른들이 지금 결혼할 시기라는 이야기에 당연히 해야 하는 것으로 생각했다.

친척들은 다 책임감 많은 성실한 남자들뿐이어서 나는 태어날 때부터 남자들은 아이템을 장착하듯이 책임감과 성실, 준법정신 이런 것들은 다 가지고 있는 것이 기본값이라 생각했다. 그래서 단순히 유머 있고 나에게 잘하는 남자, 거기에 부자라는 이야기만을 믿고 결혼을 했으니 당연히 힘들었다. 선택했던 남자는 가족보다 자신이 항상 우선이었고, 가부장적인 시댁 분위기에 눌려 조선 시대 같은 며느리로 살았었다.

살아 보니 내가 선택하지 못한 것들에 상처받고, 내가 선택한 것들에 후회하는 과정이 반복되는 것이 인생인 것 같다. 인생이 이렇게 힘들기만 했다면 사는 재미가 하나도 없지 않겠는가. 하지만 그 안에는 나를 믿어 주는 부모님도 계시고, 엄마의 힘듦을 위로하는 아들들도 있다. 40년 넘게 곁을 지켜 주는 친구들은 힘들 때도 기쁠 때도 항상 함께해 주었다. 나를 믿어 주고 사랑해 주는 이들이 주는 행복이 인생의 반을 차지하며 균형을 이루는 것이 인생인 것 같다. 공부나 자격증은 노력으로 달라지게 할 수 있겠지만 우리의 인생에서 노력으로 되지 않는 부분들은 확실히 있다.

그런데 참 이상하게도 그런 일들을 겪으면서 나는 더 단단해지고 더 좋은 사람이란 이야기를 듣는다.

어려운 경험이나 힘든 경험에서 배운 것들은 학생들을 가르치면서 제자들의 환경을 이해하는 바탕이 되었다. 내가 온실 속 화초였다면 지금과는 달랐을 것이다. 이모는 부잣집으로 시집가서 고생은 혼자 다 한다고 걱정했다. 만약 편하게만 살았다면 혼자 잘난 줄 알고 온갖 갑질을 도맡아 하는 사람이 되었을 거라고, 하나님이 착하게 살라고 작은 고생들을 주시는 것 같다고 답한 적이 있다. 살아 보니 인생은 참 내 마음대로 되지 않고 계획대로 되지 않는다. 물론, 지금도 친구들과 비교하며 속상할 때도 있다. 하지만 나를 지지

하고 사랑해 주는 좋은 사람을 알아볼 수 있고, 매 순간 감사하며 살 수 있는 것은 살아오면서 수많은 경험이 있었기 때문일 것이다. 나의 인생이 참 좋고 이만큼 살아 내는 나를 보면 참 기특하고 대견하다. 매일 매일 살아 내는 것이 괴로울 때도 있었지만, 소중하지 않은 기억이 없다. 모든 시간이 지금의 나를 만들어 주는 자양분이었다고 생각한다. 앞으로도 많은 일이 있겠지만, 내 삶에 대한 나의 자세를 믿는다. 최악의 순간에도 최선을 선택할 것이고, 그 선택을 믿고 뒤돌아보지 않고 내 삶을 열심히 살 것이다. 살아보니 참 굴곡이 많았다. 그때마다 좋은 사람들 덕분에 잘 이겨 낼 수 있었다. 누구나 살면서 시련이라는 벽을 만난다. 벽을 장애물로 여기고 더 나아가지 못하는 사람도 있지만, 현명한 사람은 벽을 디딤돌 삼아 더 높은 곳으로 넘어간다고 한다. 어떻게 살아갈지는 각자의 선택이다. 한번 사는 인생, 후회가 남으면 안 되니까 최선을 다할 것이다.

여행길에서 만난 소중한 깨달음

손수연

22년간 여행업을 운영하면서 수많은 사람과 함께 해외여행을 다녔다. 다양한 사람들을 만나고, 그들과의 대화를 통해 느낀 것들이 많았다. 출장 경험들은 단순한 여행을 넘어 인생의 중요한 교훈을 얻을 수 있는 소중한 기회였다. 지나고 보니 모든 것이 나에게 메시지였다. 고객들을 안전하고 편안하게 안내하는 것이 주된 임무라고 생각했다. 시간이 지나면서 여행 인솔이 단순한 안내를 넘어선다는 것을 깨닫게 되었다. 각 여행에는 저마다의 이야기가 있었다.

특히 기억에 남는 여행 인솔은 퇴직한 교장 선생님들과 함께 호주와 뉴질랜드를 12일 동안 다녀온 출장이었다. 12일 동안 교장 선생님 부부팀을 인솔하면서 그들이 들려주는 많은 이야기를 들을 수 있었다.

여행 첫날, 광주에서 리무진 버스를 타고 인천공항으로 향했다. 버스 안에서 12일 동안 함께할 인솔자라고 소개했다. 여행 일정, 주의 사항, 여행에 필요한 내용을 안내했다. 인천공항 도착 후 국제선 수속을 마쳤고, 비행기에 올랐다. 11시간이 넘는 장시간 비행을 마치고 드디어 시드니에 도착했다. 공항에서부터 시작된 대화는 버스 안에서도 계속되었다. 교장 선생님들은 교육 현장에서의 경험과 학생들에게 가르쳤던 교훈들을 나눠 주었다. 선생님들의 이야기는 단순히 교육에 관한 것이 아니었다. 그들의 목소리에는 깊은 지혜가 담겨 있었다.

시드니 일정 중, 한 식당에서 저녁을 먹었다. 식사 후, 교장 선생님 한 분이 자신의 인생 이야기를 들려주었다. 학생 시절에 어려움을 겪었지만 한 선생님의 따뜻한 격려 덕분에 공부에 매진할 수 있었고, 결국 교장이 되었다고 했다. 선생님이 자신에게 해 준 말 한마디가 인생을 바꿨다고 하며, 그 말을 잊지 않고 항상 학생들에게 전했다고 했다.

그 선생님이 해 준 말은 "넌 할 수 있어. 포기하지 말고 끝까지 해보렴."이었다. 간단한 말이었지만, 그 말 속에는 진심 어린 격려와 믿음이 담겨 있었다고 한다. 이 말을 통해 자신이 얼마나 가치 있는 존재인지 깨닫게 되었고, 그 일로 인생을 변화시켰다고 했다. 이야기를 들으며 나 또한 누군가에게 긍정적인 영향을 미칠 수 있는 사람이 되고 싶다는 생각이 들었다.

여행 중 우리 팀은 호주의 아름다운 자연을 탐방했다. 푸른 바다와 끝없이 펼쳐진 초원을 보며 교장 선생님들은 자연의 위대함과 삶의 아름다움을 이야기했다. 한 교장 선생님은 시드니에서 유명한 본다이비치 해변을 걸으며 자신의 인생 철학을 나누었다. "인생은 바다와 같아서 때로는 잔잔하지만, 때로는 거센 파도를 맞이하기도 한다. 중요한 것은 그 파도에 휩쓸리지 않고 균형을 잡는 법을 배우는 것이다."라고 말했다. 이 말은 나에게 깊은 인상을 남겼고, 삶의 균형을 유지하는 것이 얼마나 중요한지를 다시 한번 깨닫게 해 주었다.

시드니 일정을 마치고 현지 국내선 비행기로 뉴질랜드로 이동했다. 로투루아 마오리 빌리지에서 마오리족 전통문화를 경험할 수 있는 마을을 찾았다. 뉴질랜드는 크게 북섬과 남섬으로 나뉘어 있다. 마오리 빌리지는 약 1000년 전에 뉴질랜드 정착한 옛 모습을 그대로 재현하고 있다. 마을을 구경하는 과정도 흥미로웠다. 마오리족의 전통과 문화를 직접 경험하며, 교장 선생님들과 나는 그들의 공동체 의식과 자연에 대한 이야기를 들었다. 마오리족의 족장은 우리에게 "사람은 자연의 일부이고, 자연과 조화를 이루며 살아가야 한다"라는 메시지를 전했다. 족장의 메시지는 큰 울림을 주었다.

뉴질랜드에서의 마지막 밤, 우리는 함께 캠프파이어를 하며 여행을 되돌아보는 시간을 가졌다. 교장 선생님들은 각자 여행에서 느낀 점과 보람된 것들을 나누었다. 한 분은 "여행은 단순히 새로운 곳을 보는 것이 아니라, 새로운 시각을 얻는 것이다"라고 말했다. 이 말은 여행 매니저로 일하는 나에게 여행의 진정한 의미를 생각하게 했다.

퀸스타운은 뉴질랜드의 모험 수도로 불린다. 광활한 대자연의 풍경만큼이나 다양한 익스트림 스포츠로 유명하다. 퀸스타운에서는 엑티비티가 필수다. 번지 점프에 도전해 보기로 했다. 네비스 번지 점프는 무려 134m의 높이를 자랑하는, 뉴질랜드에서 가장 높은 번지 점프이다. 세계에서 가장 높은 번지점프 15위 안에도 든다. 카와라우 다리 번지 점프 높이는 43m로 그리 높지 않지만 세계 최초의 상업용 번지 점프이며, 카와라우강의 아름다운 경관을 함께 즐길 수 있다는 장점이 있다. 우리 팀은 안전한 카와라우 다리 번지 점프에 도전하기로 했다. 번지 점프 타워에 도착했을 때 거대한 높이와 아래로 펼쳐진 협곡을 보고 모두 입을 다물지 못했다. 사모님들은 무서워서 번지 점프를 하지 못했고, 교장 선생님들 몇 분만 번지 점프를 하기로 했다. 보는 것만으로도 아찔해서 도전해 보는 것조차 엄두가 나지 않았다. 번지 점프를 시도한 교장 선생님들은 두려움을 극복하고 뛰어내렸다. 그중 한 교장 선생님은 뛰어내리기 전 "할 수 있어. 이 순간을 즐기자!"라고 외쳤다. 그 말은 우리 모두에게 용기를 주었다. 번지 점프를 하지 못한 나는 그들의 도전을 보며 많은 생각을 하게 되었다. 두려움을 극복하고 새로운 도전에 나서는 용기, 그로 인해 얻는 성취감은 무엇과도 비교할 수 없을 것이다. 자신에게 솔직해질 필요가 있다고 느꼈다. 두려움에 직면했을 때 어떻게 대처하는지, 그리고 그 두려움을 극복하는 것이 얼마나 중요한지 알게 되었다.

한국으로 돌아온 후, 그때 출장을 통해 얻은 교훈들을 일상 속에서 실천하고자 노력했다. 교장 선생님들이 들려준 이야기와 대화에서 얻은 지혜는 나에게 큰 자산이 되었다. 교장 선생님들과의 만남은 나에게 새로운 도전을 열어 주었고, 삶의 방향성을 다시 생각하는 기회가 되었다.

인생을 살아오면서 다양한 감정을 경험했다. 코로나 같은 힘든 순간에 스스로 극복하며 희망을 발견했다. 산을 오르며 극한의 고통을 느끼기도 했다. 여러 분야의 사람을 만나면서 인생의 깊이를 알게 되었다. 낚시라는 취미를 통해 삶의 소소한 행복을 만나기도 했다. 여행업을 하면서 만났던 사람들은 나에게 많은 울림을 주기도 했다. 이 많은 경험이 지금의 나를 만든 게 아닌가 싶다. 그때는 별다른 생각을 하지 못했지만, 시간이 흐른 후 생각해 보니 나에게 큰 교훈이었다. 어떤 것이든 후회할 필요 없다. 좋았다면 그것은 추억이고, 나빴다면 그것은 경험이 된다고 했다. 지금 나는 또 다른 이야기를 만들어 가는 중이다.

불협화음이 만드는 아름다운 선율

신윤정

초등학교 5학년 때부터 좋아하는 가수의 앨범을 사서 테이프가 늘어지도록 들었다. 라디오를 열심히 청취하며 새로운 음악을 찾는 것에 흥미를 느끼기도 했다. 음악은 기쁨, 슬픔, 분노, 사랑 등 다양한 감정을 경험할 수 있게 해 주었고, 나의 정서에도 많은 영향을 미쳤다. 유치원생일 때부터 동요로 시작해서 가요, 클래식, 재즈, 락, 힙합까지 여러 장르의 음악을 가리지 않고 들었다. 음악도 음식처럼 편식하지 않는 것이 좋다. 다양한 음악을 들으면서 열린 마음과 호기심을 가질 수 있었다.

대우건설 홍보관에서 일하게 되면서 내국인은 물론 외국인을 응대하는 일이 잦아졌었다. 신기술을 설명하고 미래 주택 설계에 접목시켜 체험하게 하는 일을 했었다. 지금 생각하면 4차 산업혁명이 그때부터 시작되고 있었던 게 아닐까 싶다. 주로 간단한 영어를 사용하고 정해져 있는 스크립트 위주로 홍보했다. 가끔은 고객이나 비즈니스 관계자들의 질문에 정확한 답이 필요했고, 그 부분에서 답답함을 느끼기도 했다. 특히나 기업체의 방문은 나를 진땀 나게 했다. 그런 일이 반복되면서 외국어를 공부할 결심을 했고 일본어를 시작했다. 일을 마치자마자 종로에 있는 YBM어학원을 매일 총알같이 뛰어다니느라 힘은 들었지만, 한편으론 뿌듯했다. 그렇게 몇 개월을 공부하고 JPT 3급을 취득하였다. 그리고 얼마 후 일본의 박람회 일정을 계기로 드디어 나리타 공항에 가게 되었다. 기초 수준의 언어밖에 모르지만 내심 일어를 알아들을 수 있을 거라고 기대했다. 그러나 아무것도 들리지 않았고, 아무 말도 할 수 없었다. 그동안 무슨 공부를 하고 시험은 어떻게 합격한 걸까? 그때 확실히 알 수 있었다. 언어는 그 나라에 가서 배우는 거라는 것을!

며칠 머무르며 언어의 장벽에 부딪힌 나는 어린 시절 팝송 가사를 한글로 적어 외웠던 것처럼 다시 시작해야 했다. 일본을 몇 번 더 방문하면서 현지에서 공부하기로 마음을 먹었다.

YBM에서 추천해 준 도쿄 나카노사카우에라는 지역에 있는 EAST WEST 일본어 학교에 입학했다. 레벨 테스트를 하고 학급 배정이 되었지만, 한국말을 전혀 하지 못하는 일본인 선생님에게 배우는 일은 어려운 일이었다. 매일 등교하자마자 보는 단어 시험과 한자 시험 그리고 숙제는 부담이고, 고통이었다. 일본도 우리나라와 마찬가지로 아침 시간에는 지하철이 지옥철이다. 노선도 복잡한 지하철을 갈아타고 사람들한테 치이면서 가는 등굣길은 힘든 여정이었다. 학생들은 다양한 인종으로 이루어져 있었고, 소통은 전혀 불가해 보였다. 어색한 몇 주를 보내다가 그들과 친해져야겠다고 생각했다. 평소 수업이 끝나자마자 서둘러 역으로 향하던 나는 시간을 내어 학급 친구들에게 인사를 건네기 시작했다. 함께 차를 마시며 조금씩 가까워졌다. 중국인, 러시아인, 미국인 등 다양한 나라의 사람을 만났다. 그들과의 교류는 신선하고 새로웠다. 조금 더 친해진 중국인 친구와는 아르바이트도 같이하면서 서로의 일상을 공유하기도 했다. 아르바이트하면서 경험했던 현지인과의 대화가 언어 실력을 높이는 데는 가장 도움이 되었다. 집에서도 복습하고 지하철에서도 틈틈이 공부하면서 기초가 다져졌다. 그때부터 스트레스였던 외국어가 재미로 바뀌었다.

친구들과 공통의 이슈를 찾기 위해 매주 한편의 일본 애니메이션에 대한 토론을 했다. 음악이 주는 감성도 이야기하면서 일본어 공부와 더불어 새로운 경험과 지식을 얻을 수 있었다. 그러나 우리 만남은 메뉴 하나 정하는 것도 쉽지 않았고, 때로는 표현 방식이 다른 것에 당황하면서 적지 않은 충돌이 있었다. 어울림이 쉽지는 않았지만, 시간이 지나면서 우리는 서로의 차이를 인정하고 그 속에서 조화를 찾는 방법을 배웠다. 각자의 관점이 다르고 애로 사항이 달랐으나 어느새 서로에게 익숙해져 갔다. 그 익숙함은 의미 있는 변화였다. 각기 다른 관습, 음식, 의상, 언어, 음악 등을 접하면서 시야와 이해의 폭을 넓혀 갔고, 서로 다름을 존중하고 배려하며 성장해

갈 수 있었다. 어학교에서 보낸 시간은 길지 않았지만, 그 시절을 추억하고 돌아보는 일은 내 삶에 활기를 불어넣는 소중한 윤활유가 되고 있다.

방학을 맞아 일본에서 돌아오는 길이었다. 공항에 도착했을 때 사촌 오빠에게 전화가 걸려 왔다.

"놀라지 말고 들어. 엄마가 좀 다치셔서 병원에 계신다."

숨이 멎는 것 같았다. 부모님이 다쳤다는 말보다 더 충격적인 말이 있을까? 부리나케 병원으로 향했고, 병실에 누워 있는 엄마를 보자마자 눈물이 왈칵 쏟아졌다. 일하던 곳에서 사고를 당했던 것이다. 수술을 해야 했고, 한동안 입원을 피할 수 없었다. 눈에 보이는 상처도 속상했지만 마음의 상처가 더 깊게 새겨졌을 엄마가 걱정되었다. 아빠와도 떨어져 있었고, 동생도 군대를 간 시기였다. 동생이 휴가를 나와 잠깐은 병원에 있기도 했지만 내가 엄마 곁에 있어야만 마음이 놓일 것 같았다. 고민하다 결국 일본 학교로 돌아가는 것을 포기했다. 아쉽고 미련이 남았지만 선택해야 했다.

어렵게 결정한 행보였으나, 엄마의 건강이 더 소중했다. 가족이 없이는 의미가 없다고 생각했기 때문이다. 오랫동안 치열하게 살아왔을 엄마의 인생에 쉼표가 되는 기회이기도 했을 것이다. 나 또한 모든 것을 한동안 내려놓는 시기였다. 그때 만나고 있던 연인과의 이별, 학업의 멈춤, 사회생활의 단절로 아픔과 시련을 겪게 되었다. 타지 생활도 힘들었고, 매일 시간에 쫓기듯 살아서 건강이 많이 안 좋아졌다. 『멈추면 비로소 보이는 것들』이라는 책 제목이 생각난다. 멈추어야만 주변과 자신의 내면을 깊게 관찰하게 된다. 그때 계속 학업을 이어 갔다면 어땠을까 하는 생각이 든다. 나를 돌아보는 타이밍이었다고 위로해 본다.

누구나 행복을 추구한다. 하지만 인생은 늘 행복하기만 한 것이 아니다. 불행과 아픔, 기쁨이 동시에 나타나며 불협화음을 만들어 낸다. 이 불협화음 속에는 중요한 메시지가 숨겨져 있다. 그런 경험들이 나를 성장시키고, 앞으로 나아갈 동기가 된다.

돌이켜보면 음악을 통해 배운 다양한 감정과 문화적 경험, 외국어 학습과 타지 생활, 그리고 어머니의 사고와 그로 인한 귀국 결정까지. 모든 것이 하나의 큰 그림을 그리기 위한 메시지였다. 인생은 미완성곡을 연주하는 것과 같다. 때로는 예상치 못한 변주와 멈춤이 있지만, 그 모든 순간이 모여 더 깊고 의미 있는 선율을 만들어 낸다. 그 곡을 연주하며 계속 걸어갈 것이다. 불협화음이 주는 신비로움과 메시지를 통해, 더 강력하고 아름다운 인생의 교향곡을 완성해 나갈 것이다.

지나고 나니 모두가 나를 반듯하게 세워 준 반석이었다

이귀희

인생의 반이란 세월을 건너와 보니 때로는 힘든 순간순간들이 나에게는 위기였다. 그때는 어렵고 버티기가 힘들었는데, 지나고 나니 지금까지 지탱해 준 소중한 사연들이었다. 우연한 만남 속에 나의 소중한 반려자를 만났고, 그 인연 속에 내 삶의 중요한 축이 되어 주고 있음을 알게 되었다. 단순히 스쳐 가는 순간들로만 여겼었는데, 그것이 내게는 큰 힘이 되었다. 신앙의 가치관이 그러했고, 인생의 방향성이 비슷해서 더 좋았던 것 같다. 부부는 닮는다고 하지만 이미 우리는 많은 부분이 닮은꼴이었다. 결혼과 함께 수많은 순간과 사건들을 마주하면서 두 아이를 지킬 수 있는 어른이 된 것 같다. 인생의 전환점은 누구에게나 있다. 이러한 순간들은 새로운 방향을 제시하기도 하고, 삶의 의미를 다시금 곱씹게 하기도 한다.

내 인생의 첫 번째 큰 전환점은 신앙이다. 7살 때이다. 부모님은 새벽에 일어나 농사일을 하러 논밭에 나가셨다. 7명의 가족이 함께 살았던 시골 생활이다. 어디를 나가 봐도 끝도 없는 논밭이다. 흙과 나무와 달빛에 숨바꼭질하고 돌멩이로 공기놀이를 했던 기억이 아직도 생생한데, 벌써 인생의 반을 지나왔다. 너무 빠르게 흘러간 시간이다. 어느 토요일 아침, 셋째 언니는 어린 나에게 "막내야, 소풍 가자." 하고서 나를 데리고 갔다. 버스도 없는 길을 30분 걸어 도착한 곳이 시내에 있는 큰 교회였다. 교회 안에 들어가니 처음 보는 긴 나무 의자가 줄지어 있었다. 3개의 분단으로 나누어져 20~30개씩 아주 길게 늘어져 있었다. 진한 갈색의 두꺼운 커튼은 신부 드레스처럼 길고, 커다란 창문을 반쯤 가려 서렁이 잡혀 있었다. 딱딱한 나무 단상 위에 십자가 그리고 가운데 계신 예수님 사진, 이것이 첫 만남이었다. 언니는 잠시 기도를 하고선 나를 어디론가 데리고 간다. 알고 보니 오늘은 교회 소풍이었다. 먹을 것이 푸짐했고, 간단한 게임을 했던 기억이 난다. 내 또래의 작은 여자아이를 만났다. 달리기를 했고, 그 아이는 1등을 하고 부모님 품으로 갔다. 부모님도 같이 교회를 다니는지, 함께 참여하는 모습이 너무나 부러웠다. 우리 부모님도 함께 교회를 다녔으면 좋겠다는 생각이 매일 조건 기도가 되었다. 교회 다니는 것을 반대했던 엄마는 아버지가 돌아가신 후 시골 교회를 다니게 되었다. 기도한 지 10년 만에 이루어졌다. 언니는 그 이후로 종종 나를 교회에 데리고 갔다. 10번 넘게 성경을 정독하면서 하나님은 많은 삶의 의미를 찾게 해 주었으며, 인생의 전환점에 깊은 고민을 할 때 나침반이 되어 주었다. 세상에 스승은 많지만, 인생을 이렇게 살라고 하는 스승을 찾기란 쉽지 않다. 20대 초반 친언니의 소개로 갔던 교회의 목사님을 만났다. 권위도 없고, 소탈하고, 있는 그대로를 보여 주면서 예수님을 정말 사랑하는 분이다. 성경을 통해 인생의 모든 답을 찾아서 제대로 살아가는 방법을 가르쳐 준 분이다. 많은 사람들은 인생이란 희로애락의 연속이라고 이야기한다. 계속해서 기쁨이 오지 않고 어려움이 이어지지 않는다. 너무 춥다고 해도 계절의 시계는 정확하다. 입춘이 지났다. 이젠 조금 있으면 언제 추웠는지 봄꽃과 함께 여름이 다가옴을 빠르게 느낄 것이다. 모든 것을 얼릴 만큼의 겨울 추위가 아니었다면 벌레가 사라지지 않는다. 이렇듯 작은 나무든지 큰 나무든지 겨울을 잘 넘겨야 남은 계절을 살 수 있다. 감당할 수 있는 만큼의 어려움을 준다고 한다. 어느 나무는 뿌리를 다 드러내어도 잘 살아 있고, 어떤 나무는 죽는다. 바위 위에 자란 소나무는 뿌리가 겨우 바위에 붙어 있는 것 같지만 어떤 비바람에도 끄떡없다.

남편과 대둔산을 간 적이 있다. 대둔산 케이블카를 타고 올라가는데, 가이드가 알려 준 바위 위에 위태롭게 버틴 소나무를 보면서 위로를 받은 적이 있다. 하나님이 만드신 자연의 섭리로 내게 위로하는 듯했다. 어떤 강추위가 오더라도 겨울은 지나가고 반드시 봄이 온다. 힘들었을 때는 끝이 보이지 않는 터널에 있는 것 같았다. 힘들 때 포기하는 사람들이 더러 있다. 신앙 덕분에 어떤 일도 포기하지 않는 삶을 배웠다. 벗어나지 않고 그 안에서 풀어 나가는 것이 지혜임을 알게 되었다. 물론 나도 어떤 일에 있어서 포기란 글자를 내세워 내려놓은 적이 있다. 그때는 후련했지만, 나중에는 후회를 했다. 조금만 기다렸다면 어떻게 달라졌을까 하는 아쉬움이 들었다.

한번은 죽음의 위기까지 오게 되었다. 아무도 믿어 주지 않을 때 이럴 때 자살이라는 것을 하는구나 생각했던 것이다. 내 삶에 겨울이 왔구나 하고 꾹 참았다. 꽃을 피우고 열매를 맺을 수 없기에 내 안에 많은 것들을 태워 버리고 생각의 동굴을 파고 들어갔다. 몇 번이나 어두운 터널의 끝이 보이지 않았다. 견디어 내는 어려움이 내게는 삶을 살아가는 큰 힘이 되었다. 그러다 보니 삶의 하나하나가 매일 감사하게 되었다. 매일 밤 자기 전에 기도한다. '오늘의 삶을 아무런 해됨과 상함도 없이 살게 해 주셔서 감사합니다.' 신앙은 어려움이 밀려왔을 때 긍정적인 삶의 태도를 배우게 했다. 빠른 회복 탄력성을 갖게 해 주었다. 교회의 다양한 사람들을 만나면서 어려움을 대하는 자세를 배우게 되었고, 삶의 겸손함도 배우게 되었다.

또 하나의 전환점은 결혼이다. 항상 옆에 있기에 공기처럼 인지하지 못했지만, 기댈 수 있는 누군가가 있기에 내가 지금까지 버틸 수 있는 힘이 되었다. 강사로서 첫발을 내디딜 때도 남편의 지지가 없었다면 지금의 내가 없었을 것이다. 소심하고 남 앞에 서는 것을 정말 싫어하는 나를 무한 긍정의 힘으로 바꾸어 준 남편이다. 위기는 누구에게나 있듯이 우리 부부에게도 위기가 몇 번 있었다. 발단은 항상 그렇지만 사소한 것으로 시작하였다. 불편함을 쉽게 표현하지 않는 나의 성격으로 참다가 말을 한다. 말하지 않으면 어느 누구도 알지 못한다. 표현하지 않아서 실수하고, 오해하는 경우가 많았다. 감사도 불편함도 표현해야 감사는 배가 되고 불편함은 감소가 되기도 한다.

　생각을 깨부수는 한 사건이 기억이 난다. 어떤 가게를 가게 되었다. 여자 주인은 젊은 외국인 남편과 함께 살고 있다고 했다. 15년을 사는데 단 한 번도 싸우지 않았고, 남편에게 너무 많은 것을 배웠다고 한다. 그중 하나는 표현이다. '감사해, 고마워, 사랑해'였다. 밥을 해 줘도 '고마워', 숟가락을 식탁 위에 놓아도 '고마워', 물 한 잔을 줘도 '고마워', 아침저녁으로 매일 '사랑한다' 표현한다고 했다. 외국인 남편이라서 표현을 잘하나 생각했다. 여자 주인은 남편이 자꾸 사소한 것에도 표현을 해 주니 본인도 표현하게 되고, 감사하게 되었고, 싸울 일이 없다고 했다. 사람들은 운전할 때 길을 비켜 주면 고마워하는 의미로 깜빡이를 켠다. 순간 끼어들기를 하면 미안하다는 의미로 깜빡이를 켠다. 운전하면서 손을 들어 감사의 표현도 한다. 하지만 가정에서 남편에게 자녀에게 표현을 얼마나 하는지 생각하게 되었다. 모르는 사람들에게는 바로바로 인사로 '감사합니다. 고맙습니다.' 잘하지만 가장 소중한 가족에게는 참 인색한 것 같다. 그 이후에 "고마워, 여보."라는 표현을 해 보았다. 남편의 작은 눈이 커졌다. 힘이 난다고 했다. 작은 한마디에 말이다.

나의 옆에서 평생 같이할 사람에게 소소한 표현이 참 인색했다. 항상 자신에게 칭찬이 인색한 것처럼 말이다. '고마워', '미안해', '사랑해'. 자신에게도 가족에게도 자주 하면 감사한 삶이 된다.

살다 보니 환희의 기쁨을 맛보기도 했고, 깊은 깨달음이 올 때도 있었다. 힘들었을 때는 언제 기뻤는지, 행복했는지 기억이 안 날 정도로 앞길이 보이지 않았다. 지나고 보니 모든 삶이 특히 힘들었던 경험이 나를 이 자리에 서 있게 만들었던 것 같다. 마치 주택에 불이 나서 망연자실하기도 하지만, 그로 인해 다시 집을 튼튼하게 원하는 대로 지을 수 있어서 더 좋을 수 있듯이. 다양한 경험을 통해 나 자신이라는 나무를 더 풍성하고 멋지게 만들어 준 것 같아 이제는 어떤 고난이 와도 잘 헤쳐 나갈 수 있을 것 같다. 제2의 인생에 첫발을 내디딜 수 있게 든든한 밑거름이 되어준 남편과 모난 부분 없이 잘 자라 준 아이들에게 항상 감사하고, 내 인생의 많은 경험을 바탕으로 열심히 나아가고 있는 나 자신에게도 무한한 응원의 메시지를 보내고 싶다.

행운이라는 메시지

이지선

성공한 사람들의 인터뷰를 보면 꼭 빠지지 않는 질문이 있다.

"성공에 있어서 가장 큰 요인이 무엇이라고 생각하시나요?"

이 물음에 대부분의 성공한 사람들은 운이 좋아서 성공했다고 답한다. 아무리 어렵고 힘든 일이라도 그들은 극복해 내고 결국엔 원하는 것을 이루고야 만다. 원하는 것을 이루기 위해서 운이 크게 중요하지 않다고 생각하는 사람이 있을 수도 있다. 열심히 일하거나 재능이 뛰어난 사람이 수익을 더 많이 가져가는 것은 당연하다고 볼 수 있다. 하지만 사소한 차이로 수익이 수천 배의 차이 난다면 어떠하겠는가? 행운에 주목할 수밖에 없다. 코넬대 경영대학교 석좌교수 로버트 H 프랭크에 의하면 '행운은 언제나 가장 운이 좋았던 사람들 가운데서 나온다.'라고 말한다.

학창 시절에는 잘하는 게 없는 것 같은 내 모습에 자신감이 없었다. '난 왜 이것밖에 못 할까' 생각하며 나를 믿지 않고 부족하다는 생각들로 가득했던 모습이 20대 초 중반이었다. 많은 사람 앞에 서서 이야기하게 될 기회가 생기면 터질 것 같은 심장을 움켜쥐며 염소 목소리를 내었다. 장거리 마라톤을 뛰는 것처럼 숨은 가빠와 발표를 중단했던 나였다. 그랬던 사람이 지금은 강사로 살아가고 있다. 20대에 근무했던 회사에서 우연히 참석했던 비즈니스 매너 강의를 보고 강사의 꿈을 꾸었다. 그 꿈을 이루기 위해 퇴사를 하고 조금씩 경력을 쌓아 나갔다. 지금도 잘할 수 있을지 의심하면서 강사의 업을 이끌어 가고 있다. 가끔은 원하는 것을 이루기 위해 조금만 더 일찍 했었더라면 얼마나 좋았을까 하고 아쉬워했던 적이 있다. 하지만 그때의 경험과 내가 있었기에 더 느낄 수 있는 것들이 많았고, 더 경험할 수 있는 것들이 많았다고 생각한다. 다른 직업을 가졌던 경험이 있었기에 강사라는 직업이 얼마나 가치 있는지 더 느낄 수 있었다. 지나고 보니 지금에 와서야 느끼고, 이제야 하는 이유가 있다는 생각이 든다. 우연한 사건으로 인해 꿈꾸던 일을 할 수 있는 행운이 찾아온 것이다.

누구에게나 한 번쯤은 인생이 바뀌는 시점이 찾아온다고 한다. 기존의 운과 새로운 운이 교체되는 시기를 '교운기'라고 한다. 이때는 예상하지 못한 변화가 들이닥쳐 온다. 일부 사람들은 이러한 혼란을 불행으로 오인한다. 사람들은 패턴화된 삶이 급격하게 바뀌면 가장 먼저 불안감을 느낀다. 현재 누리고 있는 안정감과 편안함이 달아나 버리지 않을까 조바심을 느끼게 된다. 하지만 이러한 변화는 어쩌면 운이 좋은 쪽으로 흘러가기 위한 메시지를 보낸다고 해석할 수 있다. 내 인생에 있어서 교운기는 강사라는 꿈을 꾸었던 시기이다. 강사의 꿈을 꾸고 입사했던 기업교육 컨설팅 회사에서 대표님을 만나게 되었다. 대표님을 통해서 인생에 있어서 두 가지의 큰 가르침을 받았다. 사람에게는 의식 수준이 존재한다는 것, '잠재의식'과 '긍정의식'을 배울 수 있었다. 사람은 저마다의 성격 유형이 있다는 것을 에니어그램을 통해 알 수 있었다. 내 인생에 있어서 이 부분들을 알았다는 것은 큰 행운이다. 힘들 때 나를 붙잡아 주고 성장할 수 있는 밑거름을 만들어 주었다. 한번은 모 기업의 셀프 리더십 교육을 하기 위해 대표님의 차를 타고 교육 장소로 이동 중이었다. 그때 차 안에서 대표님에게 용기 내어 말씀드렸다.

"대표님! 대표님을 만나고 제 인생이 바뀌었어요. 정말 감사드려요. 저 정말 더 열심히 해 보고 싶습니다."

그러자 옅은 미소를 지으며 대표님이 말했다.

"어떤 사람도 다른 사람의 인생을 바꿀 수는 없단다. 너의 인생은 네가 바꾼 거야. 시도했기 때문에 지금의 네가 있는 거야."

그때는 대표님이 겸손하게 말씀해 주신 것으로 생각했다. 지금은 조금이나마 그때의 메시지를 해석할 수 있을 것 같다.

남편을 만난 것도 우연 중 하나였다. 학교 선배가 죽마고우 친구라며 소개팅을 주선해 주었다. 직장 근처에 있었던 '세븐 스프링스' 에서 만났다. 어색하게 인사하고 난 후 바로 음식을 가지러 가는 상황이 당황스러웠다. 형식적인 말만 오갔다. 만난 지 두 시간도 되지 않아 헤어졌다. 너무 빨리 헤어져서 내가 마음에 들지 않았다고 생각했다. 그리고 일주일 정도가 흘렀다. 상대방 쪽에서 다시 보자고 연락이 왔다. 사람을 세 번까지는 만나 봐야 한다는 마음으로 약속 장소로 나갔다. 만나서 간단하게 저녁을 먹었다. 식당에서 나와 택시를 탔다. 단골 호프집으로 나를 데리고 갔다. 가는 길에 돌부리에 넘어질 뻔했다. 그러면서 자연스럽게 손을 잡게 되었다. 서로 웃음이 터지면서 갑자기 친해졌다. 이 일을 계기로 급속하게 연인으로 발전했다. 그 이후로 3년 정도 연애했다. 나와 다른 성향에 끌렸다. 나는 꼼꼼하지 못한 편인 반면, 남편은 세심한 편이었다. 내가 잘하지 못하는 애교도 많았다. 게다가 이성적인 나와는 다르게 매우 감성적인 모습도 보기 좋았다. 누가 먼저랄 것 없이 결혼까지 이어졌다. 지나서 생각해 보니 남편을 만난 것도 모두 우연이고 운이 아니었을까 하는 생각이 든다.

두 아이를 출산하면서 자연스럽게 경력 단절이 되었다. 다시 자신감이 없어졌다. 강의는 잠시 접어 두고 다른 일을 찾아보았다. 우연히 인스타그램에 엄마들을 위한 독서 모임이 눈에 확 들어왔다. 나름대로 독서 모임도 간단한 서류 면접이 있어서 간절하게 하고 싶은 마음을 써 내려갔다. 운이 좋게 멤버로 참여할 수 있게 되었다. 강사 대신 내가 할 수 있는 일을 찾기 위해 참여했던 곳에서 다시 강의할 기회가 생겼다. 강의하고 난 후 사람들의 격려와 응원 덕분에 강사의 꿈을 꿀 수 있게 되었다.

우연한 사건들이 연결되어 지금의 내가 있는 것이다. 모든 시나리오에는 위기가 존재한다. 위기가 없다면 결론은 궁금하지 않을 뿐 아니라 인기 있는 이야기가 되지 못할 것이다. 원하는 것을 이루기 위해 중간에 포기하지 않는다면 실패가 아니고, 도전이고 과정이 된다. 성취의 결과를 오로지 내가 잘해서라고 생각할 수 있지만 우리가 느끼지 못하는 누군가의 도움이 있었을 것이다.

미국의 유명한 심리학자인 존 크롬볼츠는 사람의 삶에서 만나게 되는 다양한 사건들이 개인의 진로에 영향을 미친다고 말한다. 계획된 진로의 성공 확률은 20%지만, 우연한 기회의 성공 확률은 무려 80%가 된다고 한다. 그는 성장하는 아이들에게 적성에 맞는 직업을 고르게 하는 것보다 살아가며 경험하는 무수한 우연을 대하는 태도를 가르치는 게 중요하다고 주장한다. 희로애락을 느끼는 것만큼 소중한 가치는 없다. 우연한 사건들을 성장 메시지로 볼 것인지 아니면 실패 요인으로 볼 것인지에 대한 선택은 자신에게 달려 있다. 결국, 행운이라는 메시지는 내가 만들어 나가는 것이다.

나를 사랑하라

황은정

글을 쓰면서 스스로 삶이 어땠는지 되돌아보는 시간이 좋았다. 이대로도 참 괜찮은 삶을 살았구나 싶었다. '희, 노, 애, 락'에 대해 생각해 보았다. 어려운 상황도 있었지만, 잘 극복했다. 지금까지 해 왔던 이야기를 다시 정리해 보려고 한다.

희. 직업상담사로 살아오면서 그런 다짐을 한 적이 있다. 이 분야에 진입하는 사람들에게 나의 이야기를 하면서 희망을 주고 싶다고 생각했다. 대단한 스토리는 아니지만, 지금을 살아가는 사람들에게 '이렇게도 할 수 있겠구나!' 하는 긍정적인 마음을 주고 싶었다. 어려웠던 직장 생활은 다음 직장에서 버틸 수 있는 힘을 만들어 주었다.

다른 직업도 잠깐 도전해 봤다. 부모님을 따라 귀농할 때만 해도 열정이 넘쳤다. 간간이 도와주면 재미있겠다고 생각했다. 막상 시작해 보니 현실은 달랐다. 매일 반복하는 일이 힘들게 다가왔다. 시세가 바뀌는 부분도 맞추기 힘들었다. 자연스럽게 원하는 매출이 안 나올 때가 더 많았다. 가장 중요한 건, 사람을 제대로 만날 기회가 없었다는 사실이다. 내가 좋아하는 환경이 아니었다. 어느 순간부터 지치기 시작했다. 시행착오를 겪으면서 내가 진짜로 원하는 일이 무엇인지 깨닫게 되었다.

대학교에 있는 취업지원센터에서 일하게 되었다. 학생들과 일대일 상담을 진행하고, 진로에 관한 상담도 했다. 그로 인해 관련 공부도 하게 되었다. 학생들에게 맞는 공부를 하다 보니 좀 더 실질적인 컨설팅이 가능해졌다.

다양한 경험이 상담에 여러모로 도움이 되었다. 당시에는 하나의 직업, 한곳의 직장에서 일하지 못했던 것이 아쉬웠는데, 시간이 지나고 나니 하나하나의 경험이 모두 소중했다는 생각이 든다.

로. 직장 경력이 5-6년 차쯤 되었을 때, 경제적으로 점점 어려워졌다. 부모님도 귀농한 지 6년 정도 되던 해였다. 귀농으로 자리를 잡지 못하고 빚이 많이 생긴 상황이었다. 직장에서 번 돈을 부모님께 정기적으로 보낼 수밖에 없었다. 처음에는 나아질 거라고 생각했다. 하지만 빚은 계속해서 늘어나기만 했다. 발버둥 칠수록 늪으로 빠지는 기분이었다. 그때 처음으로 죽고 싶다는 생각을 했다. 그래도 뭔가를 해야 한다는 책임감이 나를 움직이게 했다. 네트워크

사업을 알아보면서 돈을 벌기 위해 애썼다. 장녀라서 그랬는지, 가족 생각을 안 할 수가 없었다. 결과가 좋은 건 아니었지만, 그런 도전이 많은 도움이 되었다. 다른 사람보다 멘탈이 강한 것도 회복하는 데 힘이 되었다.

어떤 시련이든 극복할 수 있다. 함께 해결할 수도 있고, 혼자 해결할 수도 있다. 물론 아직도 경제적으로 여유 있는 삶을 사는 것은 아니다. 아마도 마음이 여유가 생긴 것이리라. 계획적으로 회복하기 위해 노력한 것은 아니었다. 일에 대한 열정도 있고 더 발전하고 싶다는 욕심도 있었다. 덕분에 에너지를 가지고 나아갈 수 있던 것 같다. 시련의 순간이 온다면 스스로를 믿어 보자. 그렇다면 충분히 극복할 수 있지 않을까?

애. 어린 시절부터 사랑을 많이 받았다. 동생들하고는 나이 차가 있어 13년 정도는 외동으로 자랐다. 사랑을 받기만 했지 주는 것은 잘 못했던 것 같다. 하지만 봉사 활동을 시작하면서 사랑을 나누는 것과 받는 것에 대해 배울 수 있었다. 평소에는 사랑을 나누는 것에 대해서는 생각해 본 적이 없었다. 많이 어려서 그랬을까? 봉사 활동도 꽤 어렸을 때부터 했는데, 그때는 사랑을 나눈다기보다는 누군가를 돕는다고만 생각했었다. 성인이 되어 봉사 활동을 하면서 중·고등학교 때와는 다름을 느꼈다. 나를 기다렸던 장애인들에게 진심으로 사랑을 나눠 주고 있었기 때문이다.

안타까운 마음이 들 때도 많았다. 당연히 사랑받아야 하는 사람들인데 차별받고 불평등하게 살아가야 한다는 것이 불편하게 느껴졌다. 봉사자로서 드린 사랑도 있지만 나도 많은 사랑을 받았다. 매번 나를 기다려 주고, 없으면 나를 찾기도 했다. 내가 언제 오느냐고 다른 선생님들께 물어보기도 했다. 집에 갈 때가 되면 가지 말라고 붙잡을 때도 많았다. 이런 부분이 아직도 기억에 많이 남아 있다.

봉사 활동을 하면서 연애에 대한 방식도 조금 변해 갈 수 있었다. 아주 어렸을 때 연애는 '나만 사랑해 줘, 나한테 집중해' 하는 연애만 했다. 그래서 연애 기간이 짧았고, 깊지 않았다. 이후로는 받기만 하는 연애가 아니라 나도 뭔가를 주는 연애를 할 수 있었다. 분명 변화하는 기간에도 부족함이 있었을 것이다. 지금의 남편에게는 미안하지만, 그전 연애까지만 해도 나를 위한 연애를 했었다. 물론 나의 기질적인 부분은 절대로 바꿀 수 없을 것이다. 하지만 상대방을 바라보려고 노력하고, 지금 기분은 어떤지 들여다보려고 한다. 좀 더 상대방을 안아 주려고 노력한다. 스스로는 큰 변화라고 생각한다. 사랑에 대해서는 나보다는 주변에 좀 더 중심을 두고 싶다.

락. 즐거움. 나는 사실 취미가 없는 사람이었다. 스트레스받는 일이 별로 없어서 이대로도 좋다고 생각했다. 항상 긍정적인 사람이었기 때문에 어려운 일, 힘든 일이 생겨도 툭툭 털고 일어났었다. 돌이켜 보면 나를 즐겁게 해 주는 활동은 꽤 많았다.

다양한 드라마를 보면서 많은 생각을 할 수 있었다. 다양한 캐릭

터들을 보면서 공감할 수도 있었고, 누구나 만날 수 있는 시련에 대해서도 이해하게 되었다. 때로는 아무 생각 없이 드라마를 보는 것은 다른 고민을 잊을 수 있는 시간이기도 했다. 교육을 받는 일은 배움에 대한 갈증을 해소해 주는 일이었다. 대학교 컨설팅 공부를 하면서 내가 '성취'를 중요하게 여기는 사람이라는 걸 알게 되었다. 배움이 남에게 도움이 된다는 사실이 나를 설레도록 만들었다.

맛있는 걸 먹는 일도 즐거웠고, 좋은 사람들과 함께 시간을 보내는 것도 소중했다. 혼자 있는 시간에는 청소하는 것도 즐겼다. 청소하고 난 뒤의 개운함이 좋았다. 이 모든 활동이 취미였는지도 모르겠다. 스트레스 해소를 위해서는 나를 즐겁게 해 주는 활동이 필요하다. 삶의 도피처가 되기도 하니까 말이다.

글을 쓰면서 나에게 집중할 수 있었다. 반성하기도 하고 행복하기도 하면서 즐거운 시간이었다. 도움이 되기 위해 어떤 내용을 쓰면 좋을지 머리가 복잡했었다. 내가 할 수 있을까? 우여곡절이 있는 것도 아니고, 엄청난 부자도 아닌데 말이다. 하지만 글을 쓰면서 두 가지를 정리하게 되었다. 첫 번째는 내가 너무 행복한 사람이라는 사실이다. 두 번째는 나 자신을 너무나도 사랑한다는 것이다. 나를 사랑하지 않는 사람들에게도 나를 사랑하는 이유에 대해 알려 주고 싶다. 살아가면서 힘든 일을 만났을 때, 일어나는 힘은 결국 나에게서 나온다. 아무도 대신해 줄 수 없다.

'Be Yourself! 너 자신이 되어라!'

오스카 와일드의 말처럼 누구나 나를 사랑하면서 살아가기를 바란다.

김진주

　살아가면서 좋았던 경험, 힘들었던 경험들이 있습니다. 그 당시에는 안 좋은 생각도 하게 되고 힘들지만, 어떻게든 다 지나가고 극복해 나갑니다. 좋았던 경험은 행복했던 추억으로 남습니다. 힘들었던 경험은 '예전엔 이런 일도 있었는데'라고 회상하는 기억으로 남게 됩니다. 이러한 경험들이 쌓이면서 내가 앞으로 어떤 힘든 일을 겪었을 때 극복할 수 있는 밑거름이 되어 줍니다. 팍팍한 세상을 살고 있지만, 그래도 우리 잘살고 있다고 다독여 주며 오늘 하루도 힘차게 살아갑니다.

김창범

　가끔 빛바랜 사진이 꽂혀 있는 앨범을 보곤 한다. 휴대폰에 저장된 화려함보다는 조금은 촌스럽지만 흑백의 인화된 사진이 정겹고 좋다. 빡빡머리에 검정 교복을 입은 순수한 모습. 막차를 기다리듯 지친 모습. 어정쩡한 자세와 어색한 표정이 삶을 이야기하고 있다. 슬픔과 기쁨을 아울러 이르는 말을 '애환(哀歡)'이라 한다. 과거에도 현재에도, 인생의 주인공은 분명 '나'였다. 나 스스로도 존귀히 여기고, 나 아닌 다른 모든 것들도 귀하게 대하는 가장 사람다운 모습으로 살아갈 것이다.

문숙정

말과 달리 글은 흔적을 남기는 것이라 무서움이 드는 작업이었다. 잘 쓰고 싶었고, 욕심만 가득해서 글이 한 자도 써지지 않아 고민하던 중 그냥 친한 친구한테 이야기하듯 쓰기로 했다.

살아오면서 순간순간 느끼고 배운 기억들을 친구에게 마음을 나눈다 생각하며 쓴 글이지만 많이 부끄러운 것도 사실이다. 그동안 나에게 많은 깨달음과 행복을 준 두 아들에게 감사하며 글을 마무리한다.

손수연

지나온 길을 돌아보면 모든 경험이 나에게 소중한 메시지를 남겼다. 여행 중 만난 사람들, 그들과 나눈 대화들이 내 삶을 더 풍요롭게 만들어 주었다. 두려움을 극복하지 못한 순간들도 결국 나에게는 중요한 배움이 되었다. 건강의 중요성, 가족의 소중함 그리고 새로운 도전에 나서는 용기를 얻었다. 이제는 과거의 경험을 소중히 여기고, 현재를 즐기며, 미래를 기대하며 살아가고 싶다. 삶은 끊임없는 여행이고, 그 여정 속에서 나는 계속 성장하고 있다.

신윤정

아버지가 병상에 누워 계시는 지금, 나는 그의 얼굴을 바라보며 인생의 희로애락을 담고 있는 주름 하나하나를 읽어 낸다. 그 주름 속에는 어린 시절 나를 처음 안았을 때의 기쁨, 가족을 지키기 위해 흘린 땀과 눈물 그리고 무수한 밤을 지새우며 싸워 왔던 삶의 고단함이 고스란히 새겨져 있다. 슬픔과 아쉬움이 있었던 시기에도 나는 아버지가 우리를 얼마나 사랑했는지, 그의 희생이 얼마나 컸는지 깨닫게 된다. 글을 쓰면서 나의 인생 희로애락에 대한 순간들을 이야기했지만, 아버지의 마지막 순간에서 나는 삶의 진정한 메시지를 얻는다.

이귀희

어릴 적 추억의 사진첩을 보며 그 안에 딸로 태어나 숙녀 그리고 아이들의 엄마로 이어진 나의 인생을 돌아볼 수 있는 시간이었다. 가장 귀한 것을 알아볼 수 있는 여유와 시선을 가진 지금의 나로 잘 성장해 준 모든 삶의 여정에 감사하게 되었다. 그 안에 하나님과 연관되지 않은 것이 없는 것 같다. 인생이란 끈을 삶으로 연결할 수 있도록 이끌어 주신 하나님께 진심으로 감사하다.

이지선

'내가 뭐 되나?'라는 물음에 스스로 답을 못 내렸다. 무언가를 이뤄야 책을 쓴다는 고정 관념을 내려 두기로 했다. 그동안 책을 쓴다는 것은 언젠가 먼 미래에 할 일이라고만 생각하고 미뤄 두었다. 일상을 살아가면서 추억을 위해 사진을 남기듯, 나의 흔적을 담백하게 써 내려가기로 마음먹었다. 나의 일상과 경험이 누군가에게 공감이 되기를 바란다. 인생의 페이지를 함께 만들어 가는, 사랑하는 가족에게 감사의 마음을 전한다.

황은정

글을 쓰면서 나에게 해 주고 싶은 말은 "참 잘 살아왔다. 잘 버텨왔다."였다. 다양한 경험을 통해 힘듦이 있었지만 나는 성장했다. 주변에 감사하고 배움이 되는 경험이었다. 나와 비슷한 삶을 살아가는 사람들에게 힘이 되는 글을 쓰고 싶었다. 처음에는 막연한 두려움이 있지만 결국 이겨 낼 수 있다고 말하고 싶다. 이 책이 어느 누군가의 삶에는 한 줄기 빛이 되길 바라며 마무리해 본다.